MARGRID HRUŠKA

Kein perfekter Friede
Meine Welt nach dem Krieg

Ich danke Thorsten und Oscha für die redaktionelle Beratung und für die Hilfen bei den Tücken der Computerarbeit, Anna und Clara für den Satz und Rainer für die Übernahme der Organisation.

Margrid Hruska, 1932 in Essen geboren, heiratete sofort nach dem Abitur, bekam drei Kinder und begann ihr Studium mit 36 Jahren. Sie arbeitete als Lehrerin in den Fächern Deutsch und Geschichte und war später Rektorin einer Hauptschule mit Orientierungsstufe. Heute lebt sie in Hannoversch Münden in Südniedersachsen.

MARGRID HRUŠKA

Kein perfekter Friede
Meine Welt nach dem Krieg

Bibliografische Information der Deutschen Nationalbibliothek

Die Deutsche Nationalbibliothek verzeichnet diese Publikation in der Deutschen Nationalbibliografie; detaillierte bibliografische Daten sind im Internet über dnb.d-nb.de abrufbar.

ISBN 978-3-7392-4487-7

Herstellung und Verlag:
BoD - Books on Demand, Norderstedt

1. Auflage

Gestaltung
Anna Hruska, Clara Hruska

Inhalt

Alles ganz anders? (1945)

„Müssen wir nachts nicht mehr in den Keller?" fragte Karin, meine kleine Schwester. Sie war vor wenigen Monaten fünf Jahre alt geworden. „Und warum müssen wir nicht mehr in den Keller?" „Weil keine Bomben mehr fallen." Aber warum fallen keine Bomben mehr?" „Weil der Krieg zu Ende ist." „Und warum ist der Krieg zu Ende?" Ich merkte, wie das Gespräch für meine Mutter immer schwieriger wurde. „Weil wir den Krieg verloren haben." „Du hast doch immer gesagt, dass wir den Krieg gewinnen. Und jetzt haben ihn unsere Feinde gewonnen?" Mutter antwortete nicht mehr. Sie hatte ihrem Mann geglaubt, und der hatte dem Führer Adolf Hitler geglaubt, und beide hatten sich immer alles so zurecht gelegt, wie sie es gerne gehabt hätten, und jetzt fragte das Kind mit Recht danach, was denn nun dran gewesen sei an diesem Vertrauen. Sie wendete sich ab, klickte mit dem Haltegriff in das Bügeleisen auf dem Küchenherd und setzte damit ihre Arbeiten auf dem Küchentisch fort. Ich glaube, sie schämte sich. Schämte sie sich, weil sie so leichtgläubig gewesen war oder weil alles so demütigend geendet hatte?

Die Wohnungsverwaltung der Zeche hatte uns unsere Wohnung weggenommen und uns stattdessen unsere ehemaligen Mansarden zugewiesen, in denen vorher altes Gerümpel gestanden hatte. Es gab dort keine Toilette und kein fließendes Wasser, kein Waschbecken und kein Fenster, sondern nur Dachluken. Die Frau, die jetzt von der Zechenverwaltung mit ihrer Familie in unsere ehemalige Wohnung einquartiert worden war, rief Mutter im Treppenhaus nach: „Das ist nur gerecht. Das hätten sie sich vorher überlegen müssen!"

Mein Vater war gleich verhaftet worden, als die Engländer Oberhausen 1945 eingenommen hatten. Er war im NSKK gewesen, im nationalsozialistischen Kraftfahrtkorps, und hatte sich bis zuletzt in seiner Uniform gezeigt, mit brauner Jacke und Hakenkreuz. Als wir aus Northeim zurückkamen, wo wir die letzten beiden Jahre verbracht hatten, um den Gefahren durch Bombenangriffe im Ruhrgebiet zu entgehen, hatte man uns mitgeteilt, er sei im Gefängnis, aber schon längst irgendwohin abtransportiert, wahrscheinlich aber tot, erschossen.

1945 war ein wunderschöner Sommer, trotzdem weinte Mutter viel, ließ sich ohne Widerrede den Küchenherd und die Betten in die Mansarden stellen. Dort wohnten wir, beengt, aber ohne Bombenalarm. Nahrungsmittel gab es kaum. Meine Mutter versuchte, uns Kinder durchzubringen, so gut es ging.

Die Sonne schien von einem wunderbar blauen Himmel in diesem Sommer und ignorierte die Ruinen, den Schutt und den Staub auf den Straßen, die mit Brettern vernagelten Fenster, die Bombentrichter auf dem nahen Fußballplatz, den vom Phosphor verbrannten und aufgebrochenen Asphalt auf unserem Rollschuhplatz und die bleichen, ausgezehrten menschlichen Figuren in den Straßen. Die Kinder spielten in den Ruinen, lachten und warteten darauf, dass man sie riefe und ihnen etwas zu essen anböte. Manchmal hielten sie erschreckt inne, wenn irgendwo ein Blindgänger explodierte, weil es sich anhörte wie der Beginn einer Bombardierung. Manche liefen schreiend nach Hause oder versteckten sich Schutz suchend hinter einem Mauervorsprung, wie sie es gelernt hatten. Karin setzte sich auf eine Treppenstufe unseres Hauseingangs, hielt sich die Ohren zu und legte ihren Kopf zwischen die Knie.

Ich begann, mich in dieser Welt einzurichten und versuchte, mich umzusehen, was sie trotz allem für mich zu bieten hatte.

Fahrt nach Duisburg und Köln (1945)

Nur sieben Kilometer bis in die Schrebergartenkolonie nach Duisburg. Das Fahrrad war wieder fahrbereit, nachdem einige Flicken auf den Radschlauch gesetzt worden waren. Das Päckchen mit dem Flickzeug durfte ich nicht vergessen. Man konnte ja nie wissen! Immer häufiger hatte ich einen Platten. Beim Flicken hatte ich meistens Schwierigkeiten, den Fahrradmantel vom Rad zu zwängen.

Ich fuhr gern zu den beiden Tante Marias und zu Onkel Hans nach Duisburg. Die eine war Mutters Kusine. Diese Tante Maria war eine große knochige Person, die bei der Bahn in der Küche arbeitete, was für mich eine nicht unbedeutende Rolle spielte, hatte sie doch in diesen Hungerzeiten meistens etwas Nahrhaftes zu essen für mich bereit. Dass sie nicht verheiratet war, hatte wahrscheinlich mehrere Gründe. Vielleicht wollte sie nicht, vielleicht war sie in ihrer äußerlichen Erscheinung nicht so begehrenswert. Der Grund, der mir am meisten einleuchtete, war, dass sie ziemlich dumm war. Ich merkte es manchmal an ihrer Begriffsstutzigkeit, wenn ich ihr etwas erzählte. Sie war Mitglied der katholischen Kirche. Sie glaubte alles, was man ihr dort erzählte und tat alles, was man von ihr verlangte. Als später der Deutsche Bundestag gewählt werden durfte, hatte sie keinen Zweifel daran, dass der Priester ihr die richtige Partei vorschlagen würde, die sie zu wählen hatte. Und das tat er dann auch. Die katholische Kirche zögerte nicht, derartige Vorschläge fristgerecht von der Kanzel zu verkünden. Mir war es recht, dass sie nicht verheiratet war und keine Kinder hatte, denn alle Fürsorge und Zärtlichkeit galten deshalb mir, jedenfalls zu jener Zeit. Wenn ich mit meinem

Fahrrad zu Besuch kam, wurde ich verwöhnt, und ich bekam, was sie entbehren konnte. Sie war eine liebe Tante.

Die andere Tante Maria war die Frau von Mutters Cousin Hans, dem Bruder von Cousine Maria. Auch sie hatte keine Kinder. Sie war tatkräftig, lebhaft und praktisch veranlagt. Sie wusste immer, was zu tun war und lenkte energisch und liebevoll die Geschicke dieser drei Personen in dem kleinen Gartenhäuschen in der Schrebergarten-Kolonie. Sie war es auch gewesen, die das Gartenhaus als vorläufige Bleibe vorgeschlagen und dann die Renovierungsarbeiten vorangetrieben hatte, als das große vierstöckige Wohnhaus im Krieg zerstört worden war und sie von heute auf morgen kein Dach mehr über dem Kopf hatten. Einen alten Küchenherd hatten sie schon immer in der ‚Laube' gehabt für den Fall, dass sie sich bei der Gartenarbeit einmal einen Kaffee kochen wollten. Dort waren sie bis zum Kriegsende verschont geblieben, wenn man von zwei Bomben absah, die aber dem Häuschen nicht weiter geschadet hatten und nur zwei Trichter in einiger Entfernung in die lockere Gartenerde von, Gott sei Dank, anderen Schrebergärtnern gerissen hatten.

Onkel Hans hatte ich schon damals in den Jahren des Kriegs seltener angetroffen, wenn ich, meistens unangemeldet, zu Besuch kam. Er war vom Kriegsdienst freigestellt gewesen, weil er kriegswichtige Aufgaben bei der Reichsbahn gehabt hatte. „Räder müssen rollen für den Sieg!" So hatte es überall auf den Plakaten gestanden. Auch jetzt, der Krieg war bereits einige Monate zu Ende, sah ich ihn nur selten. Sein Arbeitstag dauerte zehn Stunden. Wenn er kam, war ich oft schon wieder nach Hause zurückgefahren, weil es dunkel geworden war und Mutter es nicht gerne sah, wenn ich im Dunkeln noch unterwegs war.

Gleich nach dem Ende des Krieges konnten sie den Garten

wieder bestellen. Onkel Hans grub den Boden um und die beiden Marias legten Samen in die Erde, den sie sich von Nachbarn erbettelten, die einige Samentüten gerettet hatten. Einige wenige Kartoffeln hatten sich hinter dem Haus gefunden, die man auch in die Erde legen konnte. Und so konnten im Sommer Gemüse und später im Herbst ein paar Kartoffeln geerntet werden. Die Obstbäume trugen reichlich Äpfel und Birnen, und so entstand für mich das Nachkriegsparadies von Duisburg bei meinen Tanten und bei Onkel Hans.

„Meinääh", sagte die eine Tante Maria, als sie hörte, dass ich nach Köln weiterfahren wollte. „Meinääh" sagte sie immer, wenn sie sich über irgendetwas wunderte. „Das ist doch viel zu gefährlich, so ein halbes Kind wie du kann doch nicht allein auf dem Fahrrad über die Landstraße fahren. Man weiß doch gar nicht, was sich dort für ein Gesindel herumtreibt, jetzt nach dem Krieg, wo so viele Leute unterwegs sind, die nicht richtig wissen, wo sie hingehören."

„Ich habe doch nichts bei mir, was für sie interessant wäre, nur mich und mein altes klappriges Fahrrad." Ich konnte sie kaum beruhigen. „Dass Kätchen das erlaubt!" Kätchen, das war Mutter, hatte es erlaubt, wenn auch mit Bedenken, aber sie hielt mich schon sehr früh für fast erwachsen, hatte ich doch in den letzten Kriegsjahren viele Pflichten übernehmen müssen, die eigentlich in normalen Zeiten von Erwachsenen getan wurden. Und so hatte sie mich mit vielen Ermahnungen fahren lassen. Nach Duisburg, das war kein Problem für sie alle, aber nach Köln, das waren noch einige zig Kilometer weiter. Ich selbst hatte in meiner jugendlichen Unbekümmertheit überhaupt keine Bedenken. Das würde ich schon schaffen.

Die andere Tante Maria schlug vor, wenigstens bis zum nächsten Morgen bei ihnen zu bleiben, damit ich möglichst früh in Köln ankommen würde. Diesen Vorschlag fand ich nun richtig gut, besonders deshalb, weil mir schon die Vorbereitungen für das Abendessen in die Nase zogen und ich feststellte, dass ich großen Hunger hatte, wie eigentlich immer. Onkel Hans zog nur die Stirn in Falten, als er von meinen Plänen hörte, sagte aber nichts. Er war wortkarg, wenn er abends von der Arbeit kam. Die Müdigkeit hatte tiefe Falten in sein Gesicht gegraben. Es gab Kartoffeln mit Erbsen, und zwischen den Erbsen konnte ich einige Speckstückchen finden. Satt und zufrieden schlief ich auf dem Sofa der „einen Tante Maria". „Die andere Tante Maria" hatte ja Onkel Hans in ihrem Bett. Vor dem Einschlafen hörte ich noch gelegentlich die Geräusche eines vorbeifahrenden Zuges, die Strecke lag gleich neben der Gartenkolonie, bald aber auch die nicht mehr, ich schlief schnell ein. Am nächsten Morgen schien die Sonne, der Himmel war blau, es roch nach „Muckefuck"-Kaffee, und ich freute mich auf ein Marmeladenbrot. Tante Maria musste heute nicht zur Arbeit und wir frühstückten reichlich. Es gab sogar noch ein geklapptes Brot mit Wurst als Wegzehrung für mich.

Vor meiner Abfahrt hatte ich noch so viel Zeit, auf der nahe gelegenen Autobahn einige Achten mit meinem Fahrrad zu fahren, wobei ein Bombentrichter sauber umrundet werden musste. Kein Auto war zu sehen, so weit das Auge reichte, ein etwas befremdlicher Zustand.

Und dann verabschiedete ich mich mit vielen Ermahnungen im Gepäck. Der Wind wehte lau um mein Gesicht und meine nackten Beine, die von meiner kurzen Hose frei gelassen worden waren. Etwas schwieriger wurde es erst auf der Pflastersteinstraße, der Hauptstraße nach Köln. Sie war stark gewölbt, bestand aus groben dicken Basaltsteinen und war an den Seiten durch aneinander gelegte längere Steine begrenzt. Neben dieser Begrenzung zog sich eine schmale Rinne aus einem fest gefahrenen Gemisch aus Sand, Erde und Kies entlang, und das war mein Radweg. So saß ich denn dreizehnjährig, lang gewachsen, sorglos, leichtsinnig und lebenslustig auf meinem Fahrrad. Ich musste sehr sorgfältig fahren, denn ein kleiner Fehler hätte mir vielleicht eine Acht ins Rad gestoßen, oder ich wäre vielleicht sogar auf die Straße gestürzt, die im Gegensatz zur Autobahn stark befahren wurde. Die Lastwagen transportierten Kohlen, behauene Ziegelsteine, die aus den Trümmern geborgen worden waren, Sand und auch Baumstämme. Manchmal sah ich Lastwagen, auf denen Männer saßen, die traurig ihren Kopf gesenkt hatten und ihre Arme über die Seitenwand hängen ließen. Manche trugen ihre Soldatenuniform, sie sah schmutzig und abgerissen aus. Es waren wohl deutsche Kriegsgefangene, die in ein anderes Gefangenenlager gebracht wurden. Manchmal kam auch ein britisches Militärfahrzeug vorbei, mit dem englische Soldaten irgendwohin verlegt wurden. Wenn sie an mir vorbeifuhren, winkten sie lärmend, schrien mir etwas zu, das ich aber nicht verstand. So gut waren meine Englischkenntnisse nicht. Eigentlich gefiel mir das, wenn sie so begeistert Notiz von mir nahmen. Meine Konzentration auf dem schmalen, gefährlichen Radweg durfte allerdings nicht nachlassen.

In Düsseldorf hatte ich fast die Hälfte geschafft. Es war noch nicht einmal Mittag. Von der Straße aus sah ich das Schlösschen Benrath. „Entzückend", würde Tante Billerbeck, unsre Nachbarin in Oberhausen, sagen, das sagte sie immer, wenn sie irgendetwas sehr schön fand, Rosa mit Weiß, niedlich stand es da in einem kleinen Park, Beschädigungen konnte ich nicht feststellen, selten in dieser Zeit. Das war der richtige Ort, eine Pause zu machen. Ich suchte mir am Straßenrand einen größeren Stein, auf den ich mich setzen konnte und packte mein Wurstbrot aus. Langsam und genüsslich verzehrte ich Tante Marias Spende und betrachtete das ‚entzückende' Schlösschen Benrath. Es gefiel mir so gut, dass ich es später nach meiner Rückkehr Mutter mit Begeisterung beschrieb.

Bald musste ich meine ganze Aufmerksamkeit dem richtigen Weg widmen. Das war gar nicht so einfach. Ich suchte nach dem Hinweisschild „Köln-Bickendorf". Dort wohnte meine Patentante Therese, von der ich zur Konfirmation ein Halskettchen und den dazu passenden Ring geschenkt bekommen hatte. Es war das Verlobungsgeschenk von ihrem späteren Mann, meinem Onkel Christian. Er war Lokomotivführer bei der Reichsbahn und deshalb im Krieg kein Soldat gewesen. Meine Cousine Lieselotte hatte mich schon auf dem Arm gehabt, als ich ein Baby war. Für mich war sie jetzt schon erwachsen. Sie hatte gerade ihre Lehre bei der Sparkasse beendet. Mein Cousin Hans-Georg ging noch wie ich zur Schule. Eigentlich begeisterte er sich nur für das Basteln von Maschinen und Rechenaufgaben. So richtig spielen konnte man mit ihm nicht.

Es war inzwischen Abend geworden. Onkel Christian öffnete mir die Tür. Er sah mich erstaunt und ein wenig missbilligend an. Dabei wanderten seine Augen von meinem inzwischen gebräunten Gesicht zu meinen nackten Beinen. „Na, Mädchen, steckst du deine Beine nicht ein wenig weit aus deiner Hose? Ist die Hose nicht ein wenig arg kurz?" Tante Therese drängte sich an ihm vorbei. „Nun lass das Mädchen doch erst einmal hereinkommen. Es war doch auch ein heißer Tag." Sie führte mich in die Küche. Lieselotte hatte wohl gerade den Abendbrottisch gedeckt. Ich war zum genau richtigen Zeitpunkt angekommen. Und was dort alles auf dem Tisch stand! Die bäuerlichen Verwandten aus dem Westerwald waren wieder einmal sehr großzügig gewesen. Aber für die ‚Kölner', wie wir sie nannten, war diese Üppigkeit wohl eine Selbstverständlichkeit. Brot, Butter, ein Stück durchwachsener Speck, ein Stück Leberwurst und die von mir so geschätzte Marmelade, die Tante Therese im Sommer aus den Früchten des Gartens kochte und die sie zu jeder Jahreszeit vorrätig hatte.

Natürlich musste ich von meinen Erlebnissen auf der Fahrt erzählen. Aber viel war da nicht. Vielleicht vom anmutigen Schlösschen Benrath, oder von meiner Suche nach dem Hinweisschild nach Bickendorf. Von den englischen Soldaten, die mir zugewinkt hatten, vielleicht weil ich die kurze Hose trug, die Onkel Christian sofort getadelt hatte, erzählte ich lieber nichts. Tante Therese wollte alles von den Verwandten aus Duisburg wissen. Sie war ja genau wie Mutter eine Kusine von der einen Tante Maria und Onkel Hans. „Haben sie Arbeit? Wohnen sie schön in ihrem Schrebergarten? Haben sie Gemüse und Kartoffeln angebaut? Reichen die Lebensmittel?" Nicht alle Fragen konnte ich beantworten. Vieles von dem, was Tante Therese interessierte, wusste ich nicht, weil ich nicht darauf geachtet hatte.

Ich schlief bei Lieselotte im Zimmer. Sie erzählte mir von ihrem neuen Freund. Er war als Kriegsgefangener schon sehr früh entlassen worden, weil er eine Verletzung am Bein hatte und, was noch schlimmer war, er hatte Tuberkulose. Sie weinte, als sie mir von dem Verbot ihrer Eltern erzählte, diesen jungen Mann jemals wieder zu sehen. „Ein kranker Mann ist nichts für dich", war deren Argument. „Vielleicht steckst du dich an. Diese Krankheit ist sehr gefährlich." Lieselotte traf ihn aber trotzdem. Eigentlich war sie gewöhnt, auf ihre Eltern zu hören, aber in diesem Fall fand sie sie sehr hart. Ich merkte bald, dass sie nicht mehr lange dem Druck ihrer Eltern standhalten konnte. Sie hat bald darauf ihre erste große Liebe aufgegeben, und dann nie mehr geheiratet.

Am nächsten Morgen, es war ein Sonntag, nahm Lieselotte sich vor, für uns alle einen Kuchen zu backen. Ich freute mich, dass man sich Mühe gab, um mich zu verwöhnen, oder vielleicht aßen sie jeden Sonntag Kuchen? Ich konnte es mir kaum vorstellen. Sie schlug mehrere Eier in eine Schüssel, gab ein großes Stück Butter hinzu, Zucker, Mehl, alles was in einen leckeren Kuchen gehört und rührte den Teig. So viele Kostbarkeiten auf einmal hatte ich sehr lange nicht gesehen. Der Kuchen kam in eine Tortenbodenform. Lieselotte öffnete die Tür des Backofens, um den Kuchen hineinzuschieben. Und dann geschah das Unglück. Plötzlich gab es einen lauten Knall, eine Stichflamme schoss aus dem Backofen heraus, und Lieselotte schrie laut. Sie ließ den Kuchen fallen, richtete sich auf und hielt ihre Hände vor ihr Gesicht. Zunächst konnten wir nichts Schlimmes an ihr erkennen. Dann nahm sie ihre Hände vom Gesicht. „Meine Haare sind verbrannt", heulte sie. Auch an ihren Haaren konnten wir keinen Schaden sehen. Sie lief zum Spiegel und betrachtete ihr Gesicht, dann schrie sie laut auf: „Meine Augenbrauen, meine Wimpern sind weg". Sie war außer sich. Onkel Christian, der sich auch in der Küche aufhielt, tadelte: „Mädel, stell dich nicht so an!" Aber Lieselotte schrie nur noch lauter. Ob jetzt vor Wut wegen der Gleichgültigkeit ihres Vaters oder weil sie sich grämte wegen ihrer vermeintlich verlorenen Schönheit, wusste ich nicht. „Die wachsen doch wieder nach, das ist kein Grund für ein solches Geschrei." Es war nicht zu übersehen, Onkel Christian hatte kein Verständnis für seine Tochter. „Diese Mädels!" murmelte er und verließ griesgrämig die Küche. Tante Therese war nicht zu Hause und konnte Lieselotte nicht trösten. Hans-Georg, der am Tisch an irgendetwas herumbastelte, machte sich wieder an seine Arbeit. Die Aufregung mit dem Backofen schien zu Ende zu ein. Ich ging zu Lieselotte. Offenbar war ich die einzige, die Verständnis für ihre verbrannten Augenbrauen und ihre Wimpern hatte. Die Tränen rollten über ihr Gesicht, das doch etwas rot geworden war. Ich holte ein Abtrockentuch vom Haken am Spülbecken und wischte ihr das Gesicht ab. „Es hätte auch schlimmer werden können", versuchte ich, ihr gut zuzureden. „Was kann denn schlimmer sein, als so hässlich auszusehen." „Aber die wachsen wieder, da hat dein Vater doch Recht." Wieder heulte sie wütend auf. Der Kuchen lag noch auf der Erde. Den Gasherd noch einmal anzuzünden, trauten wir uns nicht. Und so blieb der kostbare Teig liegen. Wahrscheinlich hat ihn Tante Therese später doch noch im Backofen gebacken, weil sie offensichtlich besser damit umgehen konnte als Lieselotte.

Am nächsten Tag fuhr ich, natürlich auch wieder mit dem Fahrrad, zurück nach Oberhausen. In Duisburg hielt ich dieses Mal nicht an.

Wieder Schule (1945)

Ende 1945 begann die Schule wieder. Wie Mutter das erfahren hatte, wusste ich nicht so genau. Wir hatten keine Zeitung. Es muss sich herumgesprochen haben. „Jetzt wird es wieder ernst. Alle Kinder müssen wieder in die Schule." Es waren inzwischen sieben Monate seit dem Ende des Krieges vergangen. Ich wurde also wieder im Lyzeum angemeldet.

Am Anfang des Krieges hatte ich nur für kurze Zeit die fünfte Klasse besucht und war dann zweimal mit der „Kinderlandverschickung" im Schwarzwald und später im Elsass gewesen. Die letzten beiden Kriegsjahre verbrachte ich mit Mutter und meinen beiden Schwestern zuerst in Westpreußen und dann in Northeim, um den Bombenangriffen zu entgehen. Das waren insgesamt fast fünf Jahre, in denen ich mich nicht in Oberhausen aufgehalten hatte. Aber ich war eben doch immer noch Schülerin des Lyzeums, und meine Anmeldepersonalien von damals müssen im Archiv der Schule noch vorhanden gewesen sein, denn als ich mit Mutter im Büro der Schule war, hieß es nur: „Ach ja, die Margrid kommt auch wieder zu uns. Sie bekommen Bescheid." Ich gab meine letzten Zeugnisse aus Northeim ab, und an meinen Namen wurde ein Haken gemacht. Es roch ein bisschen nach Schutt, wie überall. Ein Teil des Gebäudes war mit einem Lattengitter abgesperrt, durch das man hindurch sehen konnte, wenn man sich Mühe gab. Die Treppen waren teilweise herausgebrochen, die Fenster mit Holz vernagelt, durch ein großes Loch in der Mauer konnte man auf den Schulhof sehen. Schulmöbel konnte ich nirgendwo entdecken. Die Leute hatten sie wohl gestohlen und verheizt. Es war sehr früh kalt geworden in diesem Jahr, und es sollte einen eiskalten Winter geben. Das wussten wir aber noch nicht.

Meine Schulbücher waren in Northeim zurückgeblieben, weil wir nur wenig Gepäck hatten mitnehmen können. Ich hätte sie ohnehin nicht gebrauchen können. Die Bücher, die wir vor Kriegsende benutzt hatten, waren verboten. Papier gab es nicht zu kaufen. Ich hatte Glück. In einem Schrank aus dem Nazibüro von Vater hatte ich einen Stapel Blätter gefunden, die ich bis jetzt wie einen Schatz gehütet hatte. Das Papier fühlte sich so an, wie sich früher Butterbrotpapier angefühlt hatte. Aber eine Seite war angeraut, und man konnte darauf schreiben. Meinen Füllfederhalter hatte ich von Northeim mitnehmen dürfen, und einen Bleistift mit Radiergummi. Ich hatte sogar ein kleines Tintenfässchen im Nazischrank gefunden. Oma schenkte mir eine alte braune Ledertasche, die mit einer Lasche zugeknöpft werden konnte, Es gab nämlich nur einen Tornister für zwei Mädchen, und den bekam Ursel. Karin sollte erst im nächsten Jahr in die Schule kommen. Meine wenigen Sachen wurden liebevoll in diese Tasche gepackt.

Ich konnte den ersten Schultag nach einer so langen Pause kaum erwarten. Ferien hatten wir nun lange genug gehabt. Sie hatten von März bis November gedauert. Jetzt würde ich neue Geschichten im Deutschunterricht erfahren, Vokabeln in Englisch lernen, die ich noch nicht kannte; von fremden Ländern wollte ich hören und neue Sprachen kennen lernen.

Wir begannen aber nur mit einigen wenigen Stunden pro Tag, im Wechsel nachmittags und vormittags. Es war nicht genügend Platz im Gebäude des Lyzeums. Meine Klasse wurde in die Adolf-Feld-Schule geschickt. Dort waren wohl einige Räume übrig. Es war meine ehemalige Grundschule.

Wir saßen auf Kleinkinderstühlchen an kleinen Tischchen. Wo waren all die Mädchen, mit denen ich in Titisee im Schwarzwald war? Nur wenige Mitschülerinnen waren mir bekannt. Aber die Neuen lernte ich schnell kennen.

Ich war wegen meiner früheren Noten in die nächst höhere Klasse eingestuft worden, obwohl ich im letzten Teil des vergangenen Schuljahrs und den ersten Teil des neuen Schuljahres keinen Unterricht gehabt hatte, insgesamt etwa ein dreiviertel Jahr. Natürlich nur versuchsweise, wie uns mitgeteilt wurde. „Beim nächsten Versetzungstermin wird von der Schule je nach euren Leistungen entschieden, welche Klassenstufe ihr dann besuchen werdet", sagte unsere Klassenlehrerin Frau Kleine, bei der wir früher Turnen und Handarbeit gehabt hatten. Der Klassenraum war überfüllt, aber trotzdem war es ganz still, als sie uns begrüßte. Wir waren alle so gespannt auf die neue Schule. Frau Kleine hatte noch andere Klassen zu betreuen. „Wir sind nur wenige Lehrer und müssen sehen, dass alle Schülerinnen wenigstens ein paar Stunden Unterricht haben können."

Und dann bekamen wir unseren Stundenplan, enttäuschend! Wenige Stunden, zweimal in der Woche überhaupt keinen Unterricht. Das Fach Französisch, das wir eigentlich schon haben müssten und auf das wir alle so neugierig waren, gab es überhaupt nicht. Erdkunde und Geschichte auch nicht. Sport hatten wir natürlich nicht. Der Schulhof war noch nicht von Schutt frei geräumt und die Turnhalle der Schule hatte kein Dach mehr. Für Handarbeit hatten nur wenige Mädchen Materialien. Für Deutsch und Englisch hatte man aus der ehemaligen Schülerbücherei einige noch brauchbare Lektüren-Heftchen gefunden. Das war doch was! Chrismas Carol für Englisch und Pole Poppenspäler für Deutsch. In Mathematik rechnete ein Lehrer Dreisatzaufgaben an der Tafel aus und wir schrieben sie ab.

Unsere Klassenlehrerin gab uns sogar leere Schreibhefte, die sie ebenfalls in der Schülerbücherei gefunden hatte. Das waren Schätze! Die Lektüren durften wir mit nach Hause nehmen, lernten Vokabeln, übersetzten die Texte und für Deutsch schrieben wir Zusammenfassungen der Seiten, die wir in der Schule gelesen hatten. Langsam gewöhnten wir uns an den sehr eingeschränkten Schulbetrieb. Ich war glücklich und freute mich sogar über Hausaufgaben. Komisch, früher war das alles anders gewesen. Hausaufgaben waren eine Last und manchmal sogar gar nicht gemacht worden.

Nach einigen Monaten zogen wir in das Lyzeumsgebäude um. Wir saßen jetzt in einem normalen Klassenraum, den man wieder hergerichtet hatte. Wir waren nur wenige Schülerinnen, weil viele in den niedrigeren Jahrgang eingestuft worden waren. Tische und Bänke hatte man auch von irgendwo her aufgetrieben. Manchmal war es sogar warm in den Räumen. Der Stundenplan erweiterte sich. Die Fächer Französisch und Biologie kamen hinzu, die Stundenzahl in Mathematik wurde erhöht, später wurde auch die Turnhalle so hergerichtet, dass wir sie wieder benutzen konnten. Es begann ein einigermaßen normaler Schulbetrieb.

Die Tür öffnete sich und Fräulein Dr. Schütz, unsere neue Klassenlehrerin, trat ein. Sofort waren wir alle ruhig und setzten uns auf unsere Plätze. Ich saß meistens in der letzten Reihe, weil ich erheblich größer war als alle anderen. Nach der Zeremonie der Begrüßung, bei der wir selbstverständlich alle standen, durften wir uns setzen. Mit diesem täglichen Ritual gewöhnten wir uns an sie und begannen bald sogar, sie zu mögen. Sie war klein, schlank, ihre mittelblonden Haare waren zu einem Knoten im Nacken zusammengesteckt. Eine graue Hemdbluse und ein dunkelblauer enger Rock unterstrichen ihren Anspruch auf Ernsthaftigkeit und Strenge.

Sie liebte die Literatur und feierliche Situationen. Oft betrat sie den Klassenraum mit einem Stapel Bücher unter ihrem Arm, und wir wussten schon, was jetzt kam. Sie legte die Bücher ab, stellte eine Kerze auf den Tisch, der auf einem erhöhten Podest stand, zündete die Kerze an, nahm sich das erste Buch, in das ein Zettel eingelegt war, schlug es an der so vorgemerkten Stelle auf, schickte ihren Blick einmal prüfend über ihre Zuhörerschaft und wartete. Wir waren ganz leise, keiner wagte zu husten, schon gar nicht zu flüstern. Wahrscheinlich wollte sie bei ihren Schülerinnen eine entsprechende innere Einstellung erzeugen.

Fräulein Dr. Schütz

Und dann begann sie ihren Vortrag.

Hölderlin, Hälfte des Lebens

Ein letzter prüfender Blick über die abwartenden Mädchen, ob auch alle den entsprechenden gesammelten Gesichtsausdruck zeigten, und dann:

Mit gelben Birnen hänget
Und voll mit wilden Rosen
Das Land in den See;
Ihr holden Schwäne,

und trunken von Küssen
Tunkt ihr das Haupt
Ins heilig nüchterne Wasser

Bei der zweiten Strophe wichen meine Gedanken schon ab. Hatte ich eigentlich schon einmal einen richtigen Birnbaum gesehen?

Und schon hatte sie zum nächsten Buch gegriffen.

Joseph von Eichendorff, Mondnacht
Es war als hätt' der Himmel
Die Erde still geküsst,
dass sie im Blütenschimmer
von ihm nun träumen müsst.

Während der beiden weiteren Strophen fragte ich mich, warum eigentlich immer die Küsse vorkamen. Ob sie wohl einen Freund hatte? Na ja, so ganz jung war sie nicht mehr, aber alt auch nicht.

Sie machte eine kleine Pause Aber zügig ging es weiter.

Eduard Mörike, Septembermorgen
Im Nebel ruhet noch die Welt,
Noch träumen Wald und Wiesen:
Bald siehst du, wenn der Schleier fällt,
den blauen Himmel unverstellt,
Herbstkräftig die gedämpfte Welt
In warmem Golde fließen

Ja, das kannte ich, wenn am Baldeneysee im Herbst die Sonne durch den Nebel brach, der Himmel blau wurde und die Sonne so golden auf das Wasser schien, das war schön.

Eigentlich haben mir diese Feierlichkeiten mit Gedichtvorträgen doch ganz gut gefallen, aber eine 45-Minuten Stunde ist recht lang, und nur Gedichte hören und selbst nichts sagen dürfen, dazu brauchte man Geduld.

Später im Frühling durfte Mechthild Steffen auch Gedichte vortragen. Sie war klein und zierlich, aus ihrem mittelblonden, am Hinterkopf zusammen gebundenen Haar lösten sich immer einzelne Strähnen, die ihr über die Ohren fielen. Wenn sie mit ihren hellblauen, großen Augen träumerisch aus dem Fenster sah, hörten wir ihr hingerissen zu und sahen geradezu das blaue Band im Wind über den Schulhof schweben.

Eduard Mörike
Frühling lässt sein blaues Band
Wieder flattern durch die Lüfte;
Süße, wohlbekannte Düfte
Streifen ahnungsvoll das Land.
Veilchen träumen schon,
Wollen balde kommen.
- Horch, von fern ein leiser Harfenton!
Frühling, ja du bist's!
Dich hab ich vernommen!

Und so arbeiteten wir uns durch die Romantik in der Literatur. „Ihr müsst es erfühlen. Die Poesie gibt euch Kraft zur Harmonie." Vielleicht brauchte sie die Harmonie. Ihre Vergangenheit kannten wir nicht und wussten nicht, was sie in ihrem Leben erfahren hatte. Sie hatte in den dreißiger Jahren studiert und deshalb Autoren der modernen Literatur nicht zur Verfügung gehabt. Sie sprach nie darüber, dass auch unsere Schulbücherei in den Jahren 1933 und 34 von den Nazis „gesäubert" worden war. Neue Bücher waren wegen fehlender Materialien und Druckereien noch nicht gedruckt. Von der zeitgenössischen Literatur konnten wir also nur die lesen, die auch bei den Nazis genehm gewesen war. Kaum jemand hatte gewagt, in seinem eigenen Bücherschrank verfemte Autoren wie z. B. Kästner, Tucholsky, Thomas und Heinrich Mann aufzubewahren.

Begeistert aber auch betroffen waren wir alle, wenn Mechthild aus Rilkes Roman „Die Weise von Liebe und Tod des

Cornets Christoph Rilke" vorlas. Sie legte die Melancholie und Trauer des Cornets in ihren Vortrag. Vom Schicksal des Cornets ergriffen, durchlebten wir seine Ängste und Einsamkeit mit ihm.

Schauer liefen uns über den Rücken, wenn Mechthild die Schrecken lebendig werden ließ, die „Der Knabe im Moor" von Anette von Droste-Hülshoff erlebte. Sie ließ das Röhricht im Hauche knistern und den Wind hohl über die Fläche sausen.

Auf dem pergamentähnlichen Papier aus dem Nazibüro meines Vaters stellte ich später Herbstgedichte zusammen, die ich im Deutschunterricht kennen gelernt hatte, umrahmte sie mit Girlanden, die uns unsere Kunstlehrerin, eine leidenschaftliche Anhängerin des Jugendstils, im Unterricht hatte malen lassen, und so entstand eine Mischung von Gedichten unterschiedlicher Epochen, umrahmt vom Jugendstil-Bordüren. Ich heftete diese Blätter mit einem Baumwollfaden aus Mutters Nähkasten zusammen und schenkte sie viele Jahre später einem, leider verheirateten, Verehrer.

„Klassenaufsatz!" Fräulein Dr. Schütz verteilte Papierblätter aus dem Vorrat der Schule. „Den Namen im Kopf nicht vergessen! Überschrift: ‚Quellen der Freude.'" Sie lachte. Unsere Verblüffung gefiel ihr. „Schreibt auf, was ihr irgendwann einmal als besonders schön empfunden habt." Was sollte man da schon schreiben? Ich sah aus dem Fenster. Wahrscheinlich würden die anderen wieder großartige Einfälle haben. Ich war nicht so sehr gut im Schreiben von Aufsätzen. Aber irgendetwas musste auf das Papier. Vorschreiben ging nicht. Dazu war das Papier zu knapp. Na dann, ich beschrieb einen Sonntagmorgen am Baldeneysee: das Schwimmen, das Bootfahren, den Wind, die Sonne, die Wellen. Ich schrieb mich so in Begeisterung, dass ich verblüfft war, als mein Papier zu Ende ging. Aber ohnehin hieß es schon kurz darauf: „Abgeben!" Zu meiner Überraschung wurde der Aufsatz als besonders gelungen vorgelesen. „So schreibt man", sagte Fräulein Dr. Schütz, „sich erinnern, die Umgebung, die Personen und Situationen präzise beschreiben, das Gesehene korrekt und genau mit aufnehmen, in einen Zusammenhang stellen, seine Gefühle in Sprache umsetzen und immer wieder seine Erinnerung auf Wahrheit überprüfen." Natürlich war ich stolz, auch auf meine gute Zensur. Ein wenig war mir auch deutlich geworden, dass es viel Freude gab, trotz Hunger, trotz Schuttgeruch, trotz der vielen Ruinen in den Straßen, trotz des fehlenden Papiers, trotz des Mangels an Büchern, die man hätte lesen können. Später fiel mir auf, dass sie häufig mit uns Romane las, die den Katholizismus in irgendeiner Form zum Inhalt hatten. Lange beschäftigten wir uns mit einer Figur aus einem Roman von Gertrud von Le Fort, die in einer Hugenottenfamilie groß geworden war und nach langen Selbstprüfungen und intensiven Gesprächen in einem Kloster zum Katholizismus übertrat. Auch Werner Bergengruen war einer ihrer Lieblingsautoren, der in seinem Roman ‚Der Großtyrann und das Gericht' einen historischen Stoff mit religiöser Thematik aus katholischer Sicht aufgegriffen hat. Der gläubige Katholik Paul Claudel wurde uns mit seinem Roman ‚Die Verkündigung' vorgestellt,

Zu meiner Konfirmation im Frühjahr 1946 schickte sie mir einen sehr persönlichen herzlichen Glückwunsch. Als ich mich einige Tage später bei ihr bedankte, erzählte ich ihr von meinem Konfirmationsspruch, der mir von meinem Pastor ausgesucht worden war und bei dem Schwester Margot, die mich noch aus der Kindergartenzeit kannte, sicherlich mitgewirkt hatte: „Wer mir dienen will, der folge mir nach, und wo ich bin, da soll mein Diener auch sein. Und wer mir dienen wird, den wird mein Vater ehren." Offensichtlich beeindruckte sie dieser Vers aus dem Evangelium des Johannes, Kap. 12, Vers 26. Wir sprachen über den Inhalt und dabei erfuhr ich, dass sie erst vor einigen Jahren katholisch geworden war und lange mit sich gerungen habe, ob es ihre Bestimmung sei, in ein Kloster einzutreten.

„Ich hatte mir ein Kloster ausgesucht, dem ein katholisches Internat für Jungen angeschlossen war. Die Nonnen nannten ihren Orden ‚Christliche Liebe zum heiligsten Herzen Jesu'." Als ich sie wohl etwas ungläubig ansah, sagte sie: „Ein merkwürdiger Name, das finde ich auch. Aber so hießen sie nun einmal." Ich versuchte, mir Fräulein Dr. Schütz in einer Nonnentracht vorzustellen. Dabei muss ich wohl ein ganz klein wenig gegrinst haben. Sie hielt betroffen inne, erzählte dann aber doch weiter: „Ich hätte dort meinen Beruf ausüben können und wäre dabei in der Obhut des Ordens gewesen und ständig zur Zwiesprache mit Gott angehalten worden. Alle religiösen Pflichten hätte ich gern übernommen. Aber schon im ersten Gespräch, das ich mit der Schwester Oberin führte, wurde meine Begeisterung gedämpft. „Wir wissen gar nicht, ob unser Kloster noch lange bestehen kann", sagte sie, „und in den ungewissen Zeiten kann ich keinem jungen Menschen raten, in ein Kloster einzutreten. Wir wissen nicht, wie lange wir überhaupt noch bleiben können." Ihre Erzählung bedrückte mich. Wieder begegnete ich hier einem Mechanismus der Unterdrückung während der Hitler-Zeit, von der ich bisher nichts gewusst hatte. „Schon kurz darauf, im Jahr 1942 erfuhr ich", erzählte Fräulein Dr. Schütz weiter, „dass im Internat des Klosters keine Jugendlichen mehr erzogen werden durften, die Schüler des Gymnasiums waren. Sie wurden vom fünften Schuljahr an ‚externe Schüler', die zwar im Kloster wohnten und betreut wurden, aber das öffentliche Gymnasium in der Stadt besuchen mussten. So wurde mir auch meine Möglichkeit genommen, im Kloster in meinem Beruf zu arbeiten, denn ich bin ja ausgebildete Gymnasiallehrerin. Die Entscheidung fiel mir nicht leicht, aber ich freundete mich immer mehr mit dem Gedanken an, in einer normalen öffentlichen Schule zu unterrichten und auf ein Klosterleben als Nonne zu verzichten. Inzwischen glaube ich, dass ich den Auftrag habe, Lehrerin zu bleiben und junge Menschen zu erziehen und dabei ein Gott gefälliges Leben zu führen." Dieses Gespräch hat lange in mir nachgewirkt und mich später wohl noch beeinflusst, als die Kaiserswerther Diakonisse Schwester Margot von deren Arbeit und ihrem Mutterhaus in Kaiserswerth erzählte und versuchte, mich für eine solche Aufgabe zu gewinnen.

Fräulein Salz unterrichtete Mathematik. Sie beeindruckte mich mit ihrer eleganten Kleidung und ihren locker hochgesteckten Haaren. Sie bewegte sich meistens durch die Klasse, nur selten saß sie am Tisch auf dem Podest. Die Aufgaben, die wir zu lösen hatten, wurden an die Tafel geschrieben, erklärt und dann wurden wir uns selbst überlassen. Am meisten brütete ich an Dreisatzaufgaben herum. Ich hasste sie geradezu, genau wie die Prozentrechnung. Nach einigen Monaten veränderte sich Fräulein Salz. Sie wurde unkonzentriert, vergaß sogar manchmal, uns eine Aufgabe zu geben, und zeichnete ihre Einträge im Klassenbuch nur noch selten ab. Minutenlang stand sie vor uns und träumte vor sich hin. Dann plötzlich schien sie aufzuwachen. „Erika, hol bitte meine Mappe aus dem Lehrerzimmer!" Sie hatte nicht einmal ihre Unterlagen bei sich. Während wir an unseren Aufgaben saßen, lehnte sie sich an den Fensterrahmen und blickte mit abwesendem Blick in den Himmel hinein. Eines Tages hieß es, „Fräulein Salz ist nicht mehr an unserer Schule. Sie ist Leiterin einer anderen

Schule geworden." Wir hätten natürlich gern gewusst, was wirklich passiert war. Wir alle hatten vermutet, dass sie sich verliebt hatte. Das wäre für uns der aufregendste Grund gewesen.

Mit der Zeit wurde ich der Liebling unseres Lehrers Helmholtz. Klein, altmodisch gekleidet, mit Schnurrbart und, wie es aussah, einem schief aufgesetzten Kopf, führte er uns in die französische Sprache ein. Alle hatten großen Respekt, ja manche sogar Angst vor ihm. Er war streng und unerbittlich, wenn es um die Hausaufgaben ging. Er prüfte sie jeden Tag und konnte richtig bösartig werden, wenn sie unvollständig oder sogar überhaupt nicht vorhanden waren. Wenn jemand beim Vortrag eines auswendig gelernten Textes stockte, machte er sarkastische Bemerkungen, die manchmal verletzend waren. Auf diese Weise scheiterten einige in unserer Klasse und die Fünfen im Zeugnis prasselten. Vermutlich nahm er einigen Mädchen für immer die Freude an der französischen Sprache.

Wir lasen die tragische Geschichte des aufständischen Gallier-Führers Vercingetorix, der sich gegen Cäsar erhob und dafür später in Rom hingerichtet wurde. Die Lektüre stammte aus der Schülerbücherei. Ein Held, der sein Volk gegen dessen Feinde, die Römer, in den Befreiungskrieg führte. Aber die Römer waren doch die heutigen Italiener! Er hatte gegen ein Volk gekämpft, das noch vor kurzer Zeit mit Nazideutschland verbündet und dessen Führer Mussolini der beste Freund von Hitler war? Dass das Buch noch in der Bücherei stand, wunderte uns.

„Diese Seite sechsmal zu Hause laut lesen!" Das war oft die Hausaufgabe des Herrn Helmholtz. Ich führte sie gewissenhaft durch, es machte mir Spaß. Die Sprache klang wie Musik. Manchmal las ich Mutter den Text vor, die natürlich kein Wort verstand. Am liebsten aber ließ er auswendig lernen, auch Beispielsätze für Grammatik.

Eines Tage bekamen wir Besuch von einer jungen Frau vom American Field Service (AFS). Ich durfte vorlesen und einige Grammatiksätze herunterleiern. Ich bin sicher, sie verstand kein Wort, ließ sich aber nichts anmerken.

Im Sommer 1946, ich war inzwischen in der Untertertia, kam Latein dazu. ‚Puella' war das erste Wort, das wir lernten, und dann ‚amo, amas, amat'. ‚Ich liebe' usw., na ja, was das so richtig bedeutete, kannten wir nur von den Gedichten aus dem Deutschunterricht und von den aufgeregten Gesprächen, die gelegentlich im kleinen Kreis in den Pausen geführt wurden, und wo abenteuerliche Meinungen zu diesem Thema geäußert wurden. Und warum waren gerade das die ersten Vokabeln? Die Erwachsenen fanden das Thema wohl alle auch sehr wichtig.

Die Lehrerin hieß Fräulein Dr. Büssemeyer, war groß und dünn, hatte schwarze Haare und in der gleichen Farbe einen kleinen Bart über der Oberlippe. Sie war eckig aber gerecht. Sie war es, der es sehr leid tat, als ich später die Schule verlassen musste und die viel versuchte, um mich zum Bleiben zu bewegen.

Als Vater später wieder mehr und offener mit uns sprach, begann er, sich für meine Schule zu interessieren. Er fragte nach meinen Matheaufgaben. Das konnte er, das hatte er in seiner Ingenieur-Ausbildung gelernt. Aber von Fremdsprachen verstand er nichts. Manchmal bat er mich, etwas in Englisch oder Französisch zu sagen. Als Latein dazugekommen war, schlug er mir vor, einen alten Freund in Sterkrade aufzusuchen. „Er ist Studienrat und kann dir sicher viel in Latein beibringen." Als ich ihn fragte, ob er denn nicht in der Schule unterrichten müsse, wich Vater aus. „Er sitzt zu viel zu Hause und möchte gern wieder etwas zu tun haben." Ich verstand. Viele seiner ehemaligen Nazifreunde durften nicht arbeiten. Vater schickte ihm seine Tochter, um ihn vom Grübeln abzulenken und wollte ihm mit meinen Nachhilfestunden helfen. Ich fuhr also zweimal in der Woche nach Sterkrade, paukte mit dem ehemaligen Lateinlehrer grammatische Formen und ließ meinen Vokabelschatz überprüfen. Auf diese Weise wurde ich eine richtig gute Schülerin und mein Notendurchschnitt in den Lateintests stieg an. Vater war zufrieden. Mein Nachhilfelehrer bemerkte bald, dass ich eigentlich keine Unterstützung nötig gehabt hätte und ihm wurde deutlich, dass Vater eher ihm als mir hatte helfen wollen. Mir war es gleich, dass er Nazi gewesen war, hatten wir doch in unserem Bekanntenkreis fast nur solche ‚Ehemaligen‘. Was aus ihm geworden ist, weiß ich nicht. Auch Vater hat ihn wahrscheinlich später aus den Augen verloren. Vermutlich hat er weiter Schüler in Latein unterrichtet, als das Berufsverbot für Nazis aufgehoben worden war. In unserer Schule gab es wahrscheinlich sogar Lehrer, die bei der ‚Entnazifizierung‘ durch die Besatzungsmächte nicht als Nazis erkannt worden und deshalb vom Berufsverbot nicht betroffen gewesen waren.

Die Zeichen des Himmels (1945/1946)

Eigentlich war es eine Abstellkammer, aber sie hatte ein kleines Fenster im Dach, das man öffnen konnte. Mit einer Eisenstange wurde es hochgeklappt und dann an einem Haken befestigt. Mein Bett hatte Platz, ein Nachttischchen daneben, und an der Wand hing eine Bücherablage aus Holz an zwei Haken, auf der meine wenigen Schätze standen, die vom Krieg noch übrig geblieben waren.

Es war mein Reich. Und gehörte nur mir allein. Alles lag abends noch genau so, wie ich es morgens hingelegt hatte, nichts kam dazu und nichts wurde weggenommen. Sonntags, wenn ich nicht zur Schule musste, blieb ich manchmal bis zum Mittag im Bett, las in meinen Büchern oder träumte aus dem Mansardenfenster hinaus oder schlief auch gelegentlich wieder ein. In diesem Zimmerchen durfte ich tun, was ich wollte, es war mein Sesam, der sich für mich geöffnet hatte.

Aus den beiden Mansarden nebenan, wo meine Mutter und wir drei Schwestern wohnten, hörte ich kaum einen Laut. Wir hatten uns dort einrichten müssen, nachdem wir nach dem Krieg aus der Evakuierung nach Oberhausen zurück gekommen waren. Die Wohnung im Parterre hatten wir verlassen müssen, weil sie uns als ‚Werkswohnung' nicht mehr zustand, da mein Vater als Nazi von der Zeche entlassen worden war. Mir machte das nichts, aber Mutter empfand es als Demütigung. Die neuen Bewohner gaben sich hochmütig, drehten ihren Kopf weg, wenn sie Mutter begegneten und hielten bei anderen Nachbarn nicht damit zurück, dass sie diesen Umzug in die Mansarden für verdient hielten. „Hätte sich ihr Mann damals nicht so protzig in seiner NSKK-Uniform zeigen sollen!"

Genau unter dem Dachfenster lag mein Kopfkissen, sodass ich zu jeder Tages- und Nachtzeit in den Himmel sehen konnte. Das Glas war zwar nicht klar und durchsichtig. Immer lag etwas Russ oder Asche vom nahen Aschenberg der Gute-Hoffnungs-Hütte darauf. Aber es reichte, um in den Himmel hinein zu träumen. Wenn der Himmel grau war, musste ich erst überprüfen, ob es nicht der Schmutzbelag auf der Scheibe war, der alles grau werden ließ. War er blau, leuchtete er auch durch die blinden Scheiben, war Nacht, dann suchte ich die Sterne oder manchmal sogar den Mond. Aber nur die ganz hellen Sterne wurden sichtbar. Wenn ich meine Augen zusammenkniff, schickten die Sterne sogar Strahlen nach allen Seiten aus, die sich aber verzerrten, wenn es geregnet hatte und die Scheiben nass waren. So gehörte mir dort in meiner kleinen Kammer das ganze für mich bestimmte Universum.

Ich war inzwischen im Konfirmandenunterricht, der für uns gleich nach Kriegsende begonnen hatte und nicht einmal ein Jahr dauern sollte. Da ich bisher keinen Religionsunterricht gehabt hatte und in unserer Familie wenig über religiöse Dinge gesprochen wurde, war für mich alles interessant, was wir dort hörten, und ich war bald eine begeisterte ‚Christin'. Der Pastor, ein strenger Vertreter der reformierten Kirche und auch wohl etwas pietistisch beeinflusst, förderte unsere Begeisterung, die manchmal sogar in Schwärmerei überging.

Die Bibel war eines der Bücher, das ich häufig vom Regal herunter holte. Schwester Margot, bei der ich schon in den Kindergarten gegangen war, hatte sie mir geschenkt. Vielleicht nahm ich noch das Losungsbuch der reformierten evangelischen Kirche, eine Art Kalender, hinzu. In ihm stand für jeden Tag ein Spruch zur Handlungsanweisung. Ich legte die Bibel auf mein Nachttischchen, ließ sie auseinander fallen, bis eine Seite aufgeschlagen vor mir lag, setzte den Finger an eine beliebige Stelle, und schon hatte ich meine Vorsätze für den nächsten Tag schriftlich und in Buchstaben vor mir liegen.

Im evangelischen Mädchenkreis der Gemeinde war der Pastor nämlich der Meinung, Gott würde sich schon bemerkbar machen und wissen lassen, was er von jedem von uns erwartete und dass er mit Strenge und manchmal mit Güte über uns wachte. Ich erfuhr also mit dieser Methode, was irgendjemand oder irgendetwas, wahrscheinlich dieser strenge Herr, mir mit dem gefundenen Bibelvers sagen wollte. Natürlich musste ich selbst erst herausfinden, welche Botschaft der Bibeltext mir senden sollte.

Ich nahm die Sache sehr ernst. Mein Dachfenster half mir, diese Botschaft zu entschlüsseln. Es war das Wunder der göttlichen Nachricht. Die Interpretation des gefundenen Textes lieferte mir der Himmel in der Größe des Ausschnittes, den ich durch mein Dachfenster sehen konnte. Irgendein Zeichen würde meine Gedanken schon in die richtige Richtung bringen. Sicherlich, bei regnerischem Wetter konnte ich von dort keine große Hilfe erwarten, sondern musste mich auf das beschränken, was ich gefunden hatte, das bedeutete, dass ich allein meine Vorsätze für den nächsten Tag finden musste. Dann gab es kein Zeichen durch einen kleinen oder großen Stern oder durch plötzliche Strahlen oder durch das Verdunkeln des Mondes, wenn eine Wolke sich vor seine Helligkeit schob. Aber wenn auf meine Frage ‚Ist das so gemeint?' plötzlich ein solches Zeichen in meinem Fensterausschnitt erschien, wusste ich, das war die Antwort.

Eigentlich war Mogeln nicht erlaubt, aber das ließ sich

gelegentlich nicht vermeiden, wenn der Vorschlag durch den Bibeltext und die Zeichen des Himmels so gar nicht in meine eigenen Planungen passte. Übrig blieb dann ein etwas schlechtes Gewissen und besonders großer Eifer am nächsten Tag.

„Lieber Gott, mach mich fromm, dass ich in den Himmel komm!" Dieses Kindergebet fiel mir ein, als ich dieses Mal die Bibel auf den Buchrücken stellte, meine Hände plötzlich wegzog und das Buch auseinanderfallen ließ. Ein bisschen hatte ich nachgeholfen. Heute wollte ich einmal nicht einen Spruch aus dem Neuen Testament als meine „Tageslosung" finden, sondern am liebsten hätte ich die Psalmen aufgeschlagen. Sie waren so poetisch und meistens nicht so deprimierend und fordernd wie Texte aus dem Neuen Testament. Und es gelang. Der Psalm 23 schlug sich auf. Ich tippte mit meinem Zeigefinger auf eine beliebige Stelle, und gespannt blickte ich auf die Losung für meinen nächsten Tag: „Der Herr ist mein Hirte, mir wird nichts mangeln." Das war doch das, was ich gewollt hatte. So, jetzt das Dachfenster! Wolken zogen an meinem Himmelsausschnitt vorüber. Die Erläuterungen durch den Himmel würden heute nicht viel helfen. Bei diesem Spruch brauchte ich nur wenig Hilfe. Der Herr würde auf mich aufpassen, er „ist mein Hirte". „Mir wird nichts mangeln".

Nach den Hungerzeiten hatten wir wieder zu essen, nicht üppig, aber wir wurden fast satt. Oma hatte mir ein neues Kleid genäht, braun, mit einem Schößchen, das türkis abgesetzt war. Das würde ich morgen anziehen, eitel? Na ja, ein bisschen. Hefte für die Schule mangelten noch, es gab wenig Papier zu kaufen, und schon gar keine Stifte. Aber ich hatte ja in Vaters altem Regal aus dem Nazibüro einen Stapel Blätter gefunden. Morgen würde ich nicht so sparsam damit umgehen müssen. Mutter hatte mich beauftragt, in Dehorn's Lebensmittelladen einzukaufen. Der Einkaufszettel lag schon auf dem Tisch. Ich würde alles bekommen. Das würde ein üppiger Tag. „Mir wird nichts mangeln." Zuversichtlich schaute ich noch einmal zu meiner Dachluke. Kaum zu glauben. In diesem Augenblick sah ich kurz einen Stern zwischen zwei Wolken aufblitzen. Ich drehte mich auf die Seite, auch das mir widerfahrene Zeichen des Himmels passte.

Am nächsten Morgen wurde ich durch Schritte vor meiner Tür geweckt. Meine beiden kleinen Schwestern polterten über die Holzbretter des Trockenbodens. Ich sprang aus dem Bett und öffnete meine Tür. Dort musste etwas zu sehen sein. Der Trockenboden war ein riesiger Raum, der sich über der gesamten Fläche des Hauses ausdehnte, ausgenommen unsere Mansardenräume. Nach genau festgelegten Regeln durfte hier jede Familie des Hauses in bestimmten zeitlichen Abständen die Wäsche zum Trocknen aufhängen. Einmal im Jahr musste jede Wohnungspartei den Boden sauber fegen. Auf diesem Speicher, wie er auch genannt wurde, befanden sich in den Außenwänden in einer Höhe von fünfzig Zentimetern über dem Fußboden kleine Fensterluken. Meine Schwestern hatten ein Fensterchen geöffnet und lagen schon auf den Knien, Ich öffnete ein zweites Fenster und legte mich ebenso auf die Knie.

Ja richtig, heute war Fronleichnam. Auf dem Rollschuhplatz, den wir aus unserem Fenster unter uns sehen konnten, war ein Altar aufgebaut, der über und über mit Blumen geschmückt war. Auf den Asphalt des Platzes hatten Kinder Blumen gestreut. Die Prozession kam gerade von der Straße auf den Platz. An der Spitze schwenkten die Messdiener ihre Weihrauchfässchen. Danach schritt sehr würdevoll der Priester unter einem Baldachin, der von vier Personen getragen wurde. Der Baldachin, wir konnten es von oben genau sehen, war wunderschön bestickt. Der Priester spritzte Weihwasser auf die Umstehenden, die sich auf die Knie niedergelassen hatten. Jetzt stimmte der Priester einen Gesang an, und die Gläubigen fielen ein. Es war alles wunderschön, die vielen Blumen, der Priester im bunten Gewand, die Gesänge, der Weihrauch, den wir leider bis hier oben nicht riechen konnten, das Weihwasser. Langsam und würdevoll schritt der Zug, an den sich weitere Menschen angeschlossen hatten, zum Altar. Ganz in Weiß gekleidete kleine Kommunions-Mädchen standen auf dem Blumenteppich in der Nähe des Priesters. Im Singsang, den ich aus der katholischen Marienkirche am Annaberg kannte, feierte die katholische Gemeinde dort auf unserem Rollschuhplatz eine Messe.

Ursel, Margrid und Karin

Katholischsein wäre auch ganz schön, dachte ich. Allerdings konnte ich den Weihrauch nicht gut vertragen. Neulich war ich davon in der Marienkirche ohnmächtig geworden, als ich mit meiner Freundin Hildegard an einer Messe teilgenommen hatte.

Mutter war inzwischen auch gekommen. Sie hatte sich mit in mein Fensterchen gezwängt. Ich glaube, sie fand das Schauspiel, das uns dort unten geboten wurde, auch sehr schön. Sie war ergriffen, was ich merkte, als sie mit etwas schlingernder Stimme sagte: „Ach ja, die Katholiken!"

Onkel Willi (1946)

Vaters altes Fahrrad tat es immer noch. Als es noch neu war, lange vor dem Krieg, hatte er uns oft Kunststücke vorgeführt: Füße von den Pedalen heben und dabei eine kleine Acht fahren, Füße über den Lenker legen und weiter fahren, Hände vom Lenker nehmen und trotzdem eine Kurve fahren. Seine Zuschauer standen dabei auf der Treppe zur Hoftür und bewunderten und beklatschten ihn. Einmal war er gestürzt. Er schrie auf vor Schmerzen und die Zuschauer auf der Treppe schrien vor Schreck. Er hatte sich seinen Fuß verstaucht, Mutter kühlte ihn mit essigsaurer Tonerde und legte einen Verband an. Für mehrere Tage musste er liegen, für mich eine schöne Zeit. Ich saß auf dem Fußbänkchen neben seinem Bett, und er las mir aus einem Bilderbuch vor: ‚Fröhlicher Tageslauf, Schnurren und Reime für die Kinderstube' Die Texte waren in Sütterlin-Schrift geschrieben.

Vater hatte das Fahrrad vorsorglich im Krieg in den Keller gestellt. So war es von dem großen Brand verschont geblieben, bei dem alle Roller und Dreiräder von uns Kindern im „Stall", der sich im gleichen Gebäude wie die Waschküche befand, verbrannt waren.

Die Schläuche in den Reifen des Rades waren unzählige Male geflickt und die Roststellen am Fahrradrahmen waren nicht mehr zu übersehen, so sehr ich mich auch mit Schmirgelpapier bemühte. Immer hatte ich Flickzeug in der Tasche, eine Kostbarkeit. Schmirgelpapier hatte ich von Tante Billerbeck geschenkt bekommen. Zu kaufen gab es so etwas nicht. Ihr kleiner ‚Stall', in dem sie vieles aufbewahrt hatten, war nicht abgebrannt.

Das Fahrrad war mein ganzer Reichtum. Es erschloss mir die nähere Umgebung, es brachte mich zum Schwimmen zum Rhein-Herne-Kanal, man traf sich mit denen, die auch ein Fahrrad gerettet hatten. Die Fahrradbesitzer waren die Könige der Jugendcliquen.

In eineinhalb Stunden konnte ich bei Oma in Essen sein. Der Weg von Oberhausen nach Essen war nicht weit, aber nicht einfach zu fahren. Die Straßenbahnhaltestellen kannte ich. Schon vor dem Krieg waren wir oft mit der Linie 25 nach Essen gefahren. An der Haltestelle „Union" musste ich rechts nach Essen abbiegen. Am „Fliegenbusch" hatte ich den Berg geschafft. Auf der Helenenstraße, an der einige Fabriken der Firma Krupp lagen, fuhr ich ein langes Stück und bog dann ab, erreichte den Bahnhof Essen-West, und fuhr durch die Gartenkolonie bis zu Oma in die Curtiusstraße. Tiefe Bombentrichter gab es zwar schon bald nicht mehr. Sie waren von verurteilten Nazis zugeschaufelt worden. Die Straßenbahnschienen waren schon wieder durchgehend verlegt. Die Straßen waren zumeist mit dicken Basaltsteinen gepflastert und schmal. Die Schienen waren besonders gefährlich. Wenn man mit den Rädern hinein geriet, gab es eine „Acht" und das Rad konnte schwer beschädigt werden.

Ich fuhr gerne mit dem Fahrrad. Im Frühjahr strich mir der laue Wind um den Kopf, im Sommer brannte die Sonne auf meiner Haut, und im Herbst wirbelte ich beim Fahren das bunte Laub auf.

Nach der Ankunft in der Curtiusstraße in Essen-West musste das Fahrrad natürlich sofort in Omas Keller gestellt werden, denn so manch anderer wäre mit ihm auch glücklich gewesen.

Meistens stand Oma schon an der Tür, wenn ich zwei Stufen auf einmal nehmend oben im dritten Stock ankam. Ihre Überraschung zeigte sie nicht, auch nicht, ob mein Besuch ihr gerade gelegen kam. „Da bist du ja mal wieder", sagte sie und zog mich in den kleinen Flur. Für große Zärtlichkeiten war sie nicht zu haben, aber ihre Augen freuten sich. Tante Emmi, Vaters Schwester, saß auf einem Stuhl am Tisch und schälte Kartoffeln. Die kleine Heike krabbelte auf dem Fußboden herum und versuchte, einen kleinen Ball festzuhalten. Vorwurfsvoll schaute sie zu ihrer Mutter, wenn er mal wieder unter das Sofa gerollt war. Tante Emmi musste dann einen Besen holen, und Heike juchzte, wenn das Spiel bis zur nächsten Hilfe durch den Besen weitergehen konnte. Tapsig lief sie auf mich zu und klammerte sich an mein Bein, sodass ich nicht mehr weitergehen konnte. Oma setzte sie in das Laufställchen, in dem ihre kleinen Spielsachen lagen, und dort war sie zufrieden. Sie konnte schon seit einiger Zeit laufen, aber im Laufställchen trat ihr keiner auf die Finger und kein heißer Topf konnte vom Herd gezogen werden.

Nachmittags um drei Uhr drehte sich der Schlüssel im Schloss der Wohnungstür. „Emmiken," rief Onkel Willi schon laut an der Tür und schloss seine Frau zärtlich in die Arme. Danach kam „Schwiegermütterken" dran. Oma wehrte sich immer ein wenig, ihr war das alles peinlich, aber sie lachte bei diesen lautstarken Begrüßungen. Und dann nahm er seine kleine Heike auf den Arm und wirbelte sie herum. Heike lachte und die ganze Familie freute sich.

„Und die Margrid ist auch da", rief er, als er mich sah, „da hast du aber wirklich wieder großes Glück gehabt." Er öffnete die schon sehr schäbige Ledertasche, in der er immer sein Butterbrot und seine Kaffeepulle aus Blech mit zur Arbeit nahm und stellte den Henkelmann auf den Tisch. „Heute gibt es leckere Bohnensuppe. Und ein bisschen

Fleisch ist auch drin."

Er hatte Frühschicht gehabt und bekam als Bergmann untertage Sonderrationen. Und diese Essensrationen waren so reichlich bemessen, dass er häufig etwas davon mit nach Hause nehmen konnte. „Iss dich richtig satt, mein Mädchen!", was ich mir nicht zweimal sagen ließ. Und heute hatte ich ganz großes Glück, er legte mir noch Butterbrote neben meinen Teller. Die durfte ich mit nach Hause nehmen. Alle setzten sich zu mir an den Tisch und sahen mir beim Essen zu. Oma hatte ihre Arme aufgestützt und freute sich, dass es mir schmeckte. Onkel Willi erzählte von dem Staub, den sie unten im Pütt schlucken mussten. Tante Emmi hatte Heike auf dem Schoß und füllte mir Suppe aus dem Henkelmann nach. „Na, ist die Suppe gut?" fragte Onkel Willi, wohl weil ich die Suppe so gierig herunter schlang. Was für eine Frage! Ich hatte immer Hunger! Zu Hause war das Essen sehr knapp.

Onkel Willi war eigentlich Friseur. Er stammte aus einer kinderreichen Familie am Niederrhein und man hatte wohl gedacht, dass seine immer fröhliche Art am besten zu einem Friseur taugt. Bei Oma Ida hatte er es anfangs nicht leicht gehabt. Dass er sich fast immer munter zeigte, war ihr fremd gewesen. Und sie hatte ihn auch für oberflächlich gehalten. Aber je mehr sie ihn kennen lernte und sah, wie glücklich ihre Emmi mit ihm war, desto unbefangener lachte auch sie über seine Späße und nahm ihn schließlich fast vorbehaltlos an.

Mit Hitlers Gesetz zur Arbeitsdienstpflicht war er 1935 für ein Jahr zum Reichsarbeitsdienst eingezogen worden, marschierte mit dem Spaten über der Schulter, ähnlich wie Soldaten mit dem Gewehr, zu Trockenlegungen von Mooren oder Aushebungen von Gräben und ähnlichen Tätigkeiten, aufmunternde Lieder brüllend, und schenkte damit Hitler seine billige Arbeitskraft. Offensichtlich gefiel ihm diese Arbeit besser als sein Friseurberuf, und er blieb freiwillig dabei. Wie es seine Art war, zeigte er sich ständig gut gelaunt, arbeitswillig und organisationsfreudig, und war bei seinen Kameraden bald sehr beliebt, was auch seinen Vorgesetzten nicht verborgen blieb. In kurzer Zeit stieg er in der streng organisierten Hierarchie der Nazi-Gliederung zum ‚Unterfeldmeister' auf.

Im Krieg änderten sich die Aufgaben. Er war in der ‚Tschechei' stationiert, und der Arbeitsdienst wurde mehr und mehr zu Ausbildungsarbeiten für die Truppe herangezogen. Trotzdem gelang es ihm bald, sein Emmiken in der Umgebung seines Lagers unterzubringen. Alle mochten ihn, und Tante Emmi erzählte später oft von der Anteilnahme der ganzen Einheit, als sie schwanger wurde und dann ihre Heike bekam. Willi verwöhnte sein Emmiken, und seine Kameraden verwöhnten sie auch. Tante Emmi erinnerte sich gern an diese Zeit, die eine der glücklichsten in ihrem Leben gewesen war. Als es gegen Ende des Krieges in der ‚Tschechei' zu gefährlich wurde, besorgte er seiner Frau eine Wohnung in Bayern und kam nach der endgültigen Kapitulation dorthin nach: „Hier bin ich, mein Emmiken, ich lass dich doch nicht alleine. Ich bin eben früh genug weggelaufen." Emmi fühlte sich umsorgt und konnte sich nicht erklären, wie ihm das gelingen konnte. Er hatte wahrscheinlich wieder einmal mit seiner liebenswürdigen, heiteren und munteren Art so manchen Freund und auch manchen Feind um den Finger gewickelt. Immer kam er aus großen Katastrophen mit heiler Haut heraus und immer zum Vorteil für sich und seine Familie.

Nach Essen zurückgekehrt, wurde er zur Bestrafung als belasteter Mitläufer der Nazis in die Zeche Zollverein nach Untertage geschickt, um Kohlen für die Alliierten zu schürfen. Aber auch hier hat er seinen Vorteil gefunden. Er musste zwar hart arbeiten, aber er empfand sich als jemand, der wieder einmal Glück gehabt hatte, konnte er sich und seine Familie doch mit seinen zusätzlichen Lebensmittelrationen durch die Hungerzeit bringen.

Einige Monate später polterte Ursel in Oberhausen die Treppen zu unserer Mansardenwohnung herauf, sodass Mutter zu einem Tadel ansetzen wollte. Schon im Vorraum rief Ursel: „Mutter, Mutter, komm schnell!" Ich saß am Tisch, in meinen Mantel eingemummelt und machte Hausaufgaben. Die Schule hatte gerade wieder begonnen, und mein Eifer war noch ungebrochen. Es war der sehr kalte Winter 1945/46.

Und dann polterten wir alle drei, Mutter, Ursel und ich durch das Treppenhaus. Unten auf der Straße stand ein kleiner offener Lieferwagen, an dem ein Mann mit einem rußigen Gesicht lehnte und breit grinste. Es war Onkel Willi. „Na, Katinka", eigentlich wurde meine Mutter Kätchen genannt, „da staunt ihr, euer Bergmann Willi ist da und will euch die Stube warm machen." Mutter schluchzte vor Überraschung, Freude und Rührung und ließ sich gern von dem schmutzigen Mann in die Arme nehmen. „Ach Willi, wir haben ja so gefroren." „Weiß ich doch, deshalb bin ich ja hier. Ich wollte euch meine Deputatkohlen bringen. Na ja, einen Teil davon. Oma und Emmiken meinten auch, wir sollten uns meine Ration teilen." Er ließ die hintere Autoklappe herunter und begann, die Kohlen vor unser Kellerfenster zu schaufeln. Und schon nach kurzer Zeit waren alle Kohlen in unserm Kohlenkeller. Eine Frau aus dem gegenüber liegenden Haus sah während der ganzen Zeit zu. Sie hatte Grund, neidisch zu sein. Es waren kostbare Anthrazitkohlen, die gut heizten und lange anhielten. Der Küchenherd verströmte bald eine wohlige Wärme und wir genossen es, ohne Jacke und Mantel am Tisch zu sitzen, heißen Ersatzkaffee zu trinken und Onkel Willis lustigen Sprüchen zuzuhören.

Etwa ein Jahr später stand jemand mit einem blitzblank polierten, eleganten BMW vor unserer Haustür. Der Fahrer stieg aus. Er trug einen anthrazitfarbenen Anzug, ein weißes Hemd mit Schlips und blanke schwarze Schuhe. Er riss die Mütze mit dem schwarzen Schirm vom Kopf: „Gnädige Frau!" und trat mit einer angedeuteten Verbeugung einen Schritt auf Mutter zu. Es war Onkel Willi. Er brach in sein herzhaftes Lachen aus und Mutter lachte mit, nachdem sie ihre Überraschung überwunden hatte. „Was ist denn mit dir? Wo hast du das Auto her?", fragte sie und hielt den Auftritt für einen Scherz. „Seit einer Woche bin ich der Fahrer des Direktors der Zeche. Heute habe ich ihn nach Oberhausen gebracht. Deshalb kann ich bei euch diese Stippvisite machen und mich in dem feinen Aufzug vorstellen." Zu einer Tasse Kaffee reichte die Zeit nicht. Er musste seinen neuen Chef wieder abholen. Mutter schüttelte den Kopf. „Wie hat er das bloß wieder angestellt." Ich aber dachte besorgt an seinen Henkelmann. Was würde aus ihm werden. Als feiner Cheffahrer bekam Onkel Willi sicher keine solche Sonderration mehr. Aber die Zeiten hatten sich etwas gebessert, wir hungerten nicht mehr so sehr. „Es wird schon gehen", tröstete ich mich.

Wieder war es Onkel Willi gelungen, sich aus den Widrigkeiten herauszuziehen, die er sich selbst zuzuschreiben hatte. Sein Berufsverbot als Nazimitläufer war aufgehoben worden. Bei irgendjemandem aus der Zechenleitung hatte er sich offenbar beliebt gemacht. Er fuhr als Cheffahrer im dunklen Anzug und mit Chauffeurmütze, als sei das alles das Selbstverständlichste der Welt und als sei nicht gerade die schreckliche Nazizeit, zu der er seinen Teil beigetragen hatte, zu Ende gegangen.

Tanzkursus (1946)

Im Herbst 1946, ich war im Sommer 14 Jahre alt geworden, herrschte eines Tages große Aufregung in unserer Klasse. Erika hatte den Vorschlag gemacht, einen Tanzkursus zu besuchen. „Meine Schwester macht das auch mit ihrer Klasse. Es gibt in Mülheim eine Tanzschule, die gerade wieder angefangen hat. Sie haben die Wände in den ehemaligen Tanzräumen ausgebessert und das Parkett neu verlegt. Es soll alles so aussehen wie vor dem Krieg. Vor einigen Wochen hat die Schule wieder eröffnet." „Wie soll das gehen?", „Wie kommen wir dahin?" „Welche Kleider brauchen wir denn dafür?" „Das kostet sicher viel Geld!" Alle schrien durcheinander. Die Aufregung war groß. „Woher sollen wir denn die Jungen nehmen?" Eine betroffene Ruhe trat ein. Die meisten von uns hatten keinen Freund, und die, die angeblich einen hatten, gaben zwar damit an, aber waren jetzt doch auch etwas verzagt. Musste man sich die selbst besorgen? Ich wusste nicht, wie die Tanzschule vor dem Krieg ausgesehen hatte und konnte mir ohnehin auch nicht viel darunter vorstellen. Und einen ‚Freund' hatte ich natürlich auch nicht

Aber ich tanzte sehr gern. Manchmal, wenn im Radio ein Walzer gespielt wurde, drehte ich den Knopf auf ‚laut' und wirbelte im Walzerschritt, den Mutter mir gezeigt hatte, durch die Mansardenwohnung. Früher hatte ich meine Eltern angebettelt, mich doch im Ballett beim Stadttheater anzumelden. Mich hatten die Balletteinlagen in ‚Peterchens Mondfahrt' und ‚Hänsel und Gretel' in der Weihnachtszeit im Theater so begeistert, dass ich schon genau wusste, dass ich später einmal Tänzerin werden wollte. Auf der anderen Seite der Sedanstraße, fast gegenüber unserem Haus, befand sich der Bühnenausgang des Oberhausener Stadttheaters. Neidisch hatte ich früher die kleinen Mädchen beobachtet, die, ihre Tanzschuhe an langen Bändern herumschlenkernd, das Theater verließen, wenn sie von einer Aufführung oder einer Probe kamen. Mutter hielt das allerdings für eine ‚brotlose' Kunst und wollte meinen ausgefallenen Ideen schon im Voraus einen Riegel vorschieben. Ich wurde aufgeklärt, dass eine Tanzschule nichts mit einem Ballett zu tun habe. Und ich musste bald selbst leidvoll erfahren, dass ich für so etwas viel zu groß gewachsen war. „Lange, lange Bohnenstange" rief man mir manchmal nach. Und genau diese Tatsache sollte mir noch viel Kummer bereiten.

Natürlich fand ich es sehr aufregend, dass man in der Tanzschule mit Jungen zusammen einen Walzer oder Tango, oder was es sonst noch alles so gab, als Paar tanzen sollte. Jungen waren Wesen, die ich zwar aus dem Konfirmandenunterricht kannte, und ich hatte ja auch einen Cousin, mit dem ich vieles gemeinsam unternommen hatte, aber das war etwas ganz anderes.

„Also, das kann so gehen, dass meine Schwester sich für uns in der Mülheimer Tanzschule erkundigt, und alles andere werden wir dann noch besprechen." Also warteten wir, was Erikas Schwester für uns herausfinden würde. „Ihr könnt ja schon einmal zu Hause fragen, was die dazu meinen."

Das wusste ich schon jetzt, was Mutter dazu sagen würde. „Kind, du weißt doch, ich würde dir das ja so gern gönnen, aber wir haben doch kein Geld." Ich sah es selbst ja auch ein, aber mein Wunsch war so sehr heftig, mit den anderen zusammen den Kursus zu besuchen.

Nach einigen Tagen kam die Rückmeldung von Erikas Schwester: „Also, zuerst das Wichtigste, die Jungen kommen von einer Mülheimer Schule, die brauchen eine Mädchenklasse." Großes Geschrei brach aus. Einige Mädchen warfen die Arme hoch und andere kicherten hysterisch, so wie es immer war, wenn es um Jungen ging. Ich dachte nur: „Hoffentlich sind ein paar große Jungen dabei." Aber die Bedenken behielt ich für mich, die meisten Mädchen hielt ich ohnehin für hübscher, sie würden keine Probleme mit den Jungen haben. „Der Kursus kostet 18 Mark beim Beginn und 18 Mark vor dem Schlussball. Das können ja wohl alle schaffen." Da war ich mir aber gar nicht so sicher. 36 Mark war sehr viel Geld. „Die Straßenbahn hält genau vor der Tür der Schule." Ach ja, das kam auch noch dazu. Ich wurde immer mutloser. Tanzen kann man ja auch zu Hause lernen. Den Walzer hatte ich schon bei Tante Ise mit Horst im Wohnzimmer getanzt, wenn sie die Platte „An der schönen blauen Donau" auf den Schallplattenapparat gelegt hatte, dessen Türen man vorne aufklappte, damit der Ton aus dem Holzgehäuse herauskommen konnte, und dessen Arm mit der Nadel nur Tante Ise selbst auf die Platte legen durfte, weil diese sonst verkratzte.

Erika bekam den Auftrag, uns anzumelden. Am nächsten Morgen sagten schon Marianne und Hildegard ab, und noch weitere drei. Mutter hatte noch nicht endgültig abgelehnt. Sie wollte es sich noch einmal überlegen. Und tatsächlich, am nächsten Wochenende kam die gute Nachricht: „Oma will etwas dazutun, und den Rest werden wir schon schaffen." Mutter lächelte und freute sich über meine Freude, die sie wohl in meinem Gesicht gesehen hatte. „Zuerst ist es auch mit Kleidern nicht so wichtig, hat Erika gesagt", tröstete ich mich und Mutter, „da können wir unsere Sonntagskleider anziehen." Diese Schwierigkeit würde sicherlich erst vor dem Schlussball auftreten. Dazu würde Oma schon etwas einfallen.

Nachdem wir drei Wochen keinen anderen Gesprächsstoff gehabt hatten, traten wir an einem Sonntagnachmittag etwas beklommen in den kleinen Saal der Tanzschule ein, an dessen Wänden Stühle aufgestellt waren. Ein Blick zu den Jungen hinüber brachte mir die enttäuschende Gewissheit, dass nur zwei Jungen dabei waren, die so groß waren wie ich. Jetzt aber ging zunächst alles so schnell, dass ich über den Makel meiner außergewöhnlichen Körpergröße noch nicht nachdenken konnte.

„Die Damen setzen sich rechts, die Herren links auf die Stühle", rief die Tanzlehrerin laut. Sie trug ein sehr elegantes Kleid und war stark geschminkt. Unter Damen und Herren hatte ich mir immer etwas anderes vorgestellt, jedenfalls nicht die Mädchen, die soeben noch hysterisch kichernd vor der Tür gestanden hatten, und auch nicht die kleinen Jungen auf der anderen Seite des Saales, von denen manche aussahen, als wenn sie zu Hause noch von Mami die Nase geputzt bekämen. Überhaupt, die Jungen waren eine große Enttäuschung. Sie wirkten sehr viel jünger als wir und glichen so gar nicht den Herzensbrechern, die wir aus dem Kino kannten. Es waren eben kleine Jungs.

„Die Herren gehen zu den Damen und begrüßen sie mit einer Verbeugung! Die Damen legen ihre linke Hand in die rechte der Herren und lächeln freundlich." Das Lächeln war mir aber schon jetzt vergangen. Ein eher kleiner ‚Herr' mit stramm an den Kopf gebürsteten Haaren verbeugte sich vor mir. Er hatte unglücklicherweise mir gegenüber gesessen. Aber nun half nichts mehr. Ich versuchte, mir nichts merken zu lassen, und so ähnlich wird es meinem ‚Herrn' wohl auch ergangen sein. Die Tanzhaltung wurde gezeigt – ein Partner für die Lehrerin war hinzugekommen -, die ersten Schritte vorgeführt und ich stakste mit meinem ‚Herrn' über das Parkett.

Und so lernten wir im Laufe der nächsten Wochen, den Wiener und den langsamen Walzer, den Foxtrott und den Tango auf das Parkett zu bringen. „Die Eleganz fehlt noch ein wenig", sagte gelegentlich unsere Lehrerin. Wenn es nur die Eleganz gewesen wäre! Manche zählten immer noch laut die Schrittfolgen, der ein oder andere stolperte auch mal über seine eigenen Füße oder die der Partnerin, die Musik musste unterbrochen werden, weil mehrere Paare völlig aus dem Rhythmus der laut durch den Saal schallenden Tanzmusik geraten waren. Und manchmal übertönte ein Schmerzensschrei die Musik, wenn jemand seinem Partner oder seiner Partnerin zu heftig auf den Fuß getreten hatte.

Zum sogenannten ‚Mittelball' wurde von acht Mädchen ein Menuett vorgeführt. Und, welche Überraschung, ich gehörte zu den acht ausgewählten Mädchen, die zu vier Paaren zusammengestellt, den eingeladenen Eltern vorführen sollten, dass wir nicht nur modernen Gesellschaftstanz gelernt hatten. Mutter war nicht dabei. Sie hatte nicht das passende Kleid. Und so schritten wir im Sechsachtel-Takt uns drehend und wendend, vorwärts und zurück, an den Händen haltend und wieder loslassend, eine Schleife drehend zu Mozart'scher Musik über das Parkett. Leider war das Gesamtbild nicht ganz harmonisch, weil ich die anderen sieben Tänzerinnen um eine Haupteslänge überragte.

Ich hatte natürlich inzwischen bemerkt, dass die ‚Herren' lieber mit einer kleineren Partnerin tanzten und Möglichkeiten suchten, einen Tanz mit mir zu vermeiden. Die Aufforderung, während des Tanzes ein höfliches Gespräch zu führen, überforderte ohnehin die meisten. Mir aber fiel vor Verlegenheit überhaupt nichts ein, auch nicht der banalste Gesprächsstoff. ‚Was bist du doch für eine Langweilerin!' dachte ich.

Den Gipfel meiner Verlegenheiten erreichte ich aber erst

beim Schlussball. Die Ursache war das Kleid. Es war Mutter und Oma nicht gelungen, ein entsprechendes Ballkleid zu besorgen. Oma war zwar sehr begabt, wenn es darum ging, aus alten Kleidungsstücken etwas Neues und meistens Schickes zu zaubern. Dabei ging es um Militärmäntel, Fallschirmseide oder alte Sachen von Mutter, Oma oder Tante Emmi, die ihnen zu weit geworden waren, weil sie an Gewicht viel verloren hatten. Aber in diesem Fall gab es nichts, dessen Stoff geeignet schien. Vieles war im Krieg verbrannt oder beschädigt worden, wenn es denn überhaupt jemals in der Verwandtschaft vorhanden war.

Zuletzt fand Oma eine alte Bekannte, die noch ein schwarzes Samtkleid besaß. Das Kleid bestand aus einem kurzen engen Rock und einem Oberteil. Es musste aber ein langes Kleid werden, das bis zu den Knöcheln reichte, so wollte es die Kleiderordnung für den Schlussball. In der Not nähte Oma ein Stück Futterstoff oben an den Rock. sodass der Samt bis zu meinen Füßen herunter gelassen werden konnte. Den angenähten Futterstoff bedeckte das lange Oberteil. Man hatte allerdings nicht bedacht oder es vielleicht nicht für so wichtig gehalten, dass meine Schritte weiter ausholen mussten, als der enge Rock das zuließ. Und so trippelte ich in Schritten, die kaum länger waren als meine Füße, den letzten Abend, der eigentlich der Höhepunkt sein sollte, in der Mülheimer Tanzschule über das Parkett. Dass mein Tanzpartner so wie ich auch ein Übriggebliebener war, hatte dann auch schon für mich nur noch sekundäre Bedeutung.

Während die anderen Mädchen noch wochenlang über ihre „Tischherren", deren charmante oder dümmliche Sprüche redeten, lachten oder auch ohne Worte vor sich hin träumten, war für mich der Tanzkursus zu einer bitteren Erkenntnis geworden: Ich war anders als meine gleichaltrigen

Freundinnen, mit deren Vierzehnjährigen-Mädchenwelten hatte ich wenig zu tun, obwohl ich so gerne so gewesen wäre wie sie und auch über meine ersten Erfahrungen mit Jungen erzählt hätte.

Vaters Rückkehr (1946)

Im Juli 1946 kam Vater aus der Internierung zurück. Wir erkannten ihn nicht, als er an der Haustür nach unserer Familie fragte. Karin äußerte sich sogar abfällig über diesen ihr fremden Mann: „Wie sieht der denn aus?" Er war dick und aufgedunsen, und er hatte kaum Zähne im Mund. Gepäck hatte er nicht bei sich, und seine Kleidung war zwar sauber, aber die Ärmel seiner Jacke waren ihm zu kurz und die Hosenbeine ließen ein Paar ausgetretene Schuhe frei. Schüchtern stand er vor der Kinderschar, die sich gerade im Hausflur befand und wartete darauf, dass ihm jemand den Weg zeigte. Es war Horst Billerbeck, mein Freund aus der ersten Etage, der sich zuerst fing und sagte: „Onkel Marquardt, Ihr wohnt jetzt oben in der Mansarde. Du musst die Treppe rauf gehen." Verblüfft hörten wir unseren Namen und wir begriffen, dass es sich bei dem alten dicken Mann um unseren Vater handelte. Schwerfällig begann er, die Treppe hinauf zu steigen. Jetzt erschien auch unsere Oma Ida im Hausflur. Sie umarmte uns und sagte leise: "Euer Vater ist wieder nach Hause gekommen."
Vater war zuerst zu seiner Mutter nach Essen gefahren. Offensichtlich hatte er nicht gewagt, sofort zu seiner Familie zu kommen aus Angst, sie vielleicht doch nicht vorzufinden oder sogar nicht willkommen zu sein, weil er, wie er seiner Mutter gesagt hatte, an der demütigenden Lage in den Mansarden Mitschuld hatte.
Wir drei Kinder, Ursel, Karin und ich folgten ihm zögerlich. Oma hatte die kleine sechsjährige Karin an die Hand genommen, die immer noch etwas ratlos zuerst die anderen Kinder und dann Oma Ida ansah. Die anderen blieben

betroffen unten im Hausflur zurück. Oben standen Mutter und Vater und hielten sich in den Armen. Wir sahen, dass Mutter weinte und Vater auch, aber er drehte gleich sein Gesicht von uns weg. Später saßen wir alle an unserem Tisch. Wir Kinder waren immer noch stumm. Oma erzählte, wie Vater zu ihr gekommen war, wie er sich gewaschen hatte und wie sie ihm alte Sachen von Onkel Willi herausgesucht hatte.

Nur langsam gewöhnten wir uns an unser neues Familienmitglied. Unseren Vater konnten wir nur schwer in ihm erkennen. Unser Verhältnis blieb lange Zeit distanziert, zumal Mutter uns gebeten hatte, ihm keine Fragen zu stellen. Sie erklärte uns, dass er nicht über die Vergangenheit sprechen wolle, jedenfalls vorläufig nicht. Erst Jahre später erfuhr ich ein wenig davon, was in den fünfzehn Monaten geschah, in denen er interniert war.

In den folgenden Wochen versuchte er, bei der Versorgung der Familie zu helfen und Lebensmittel aufzutreiben. Er nahm, was er bekommen konnte. Woher, das wussten wir nicht. Manchmal war es ein Korb Zuckerrüben, die er zu Rübenkraut verarbeitete oder ein anderes Mal ein alter Militärmantel, den er dunkelblau färbte und aus dem Oma mir einen warmen Wintermantel nähte. Auch ein Paar Herrenschuhe hatte er für meine groß gewachsenen Füße ‚besorgt'. Er setzte aus Einzelteilen ein Radio zusammen und zeichnete Pläne für irgendetwas, das wir nicht auf dem Papier erkannten. Manchmal fuhren wir sonntags nach Essen zu Oma Ida, wo er sich sichtlich wohl fühlte. Opa Franz war schon 1943 an einer Entzündung in seinem Bein gestorben, die er sich bei der Arbeit in der Fabrik bei Krupp zugezogen hatte und die wegen der ständigen Bombenangriffe nicht behandelt werden konnte.

In unseren beiden Mansardenräumen war nun das Schlafzimmer, in dem bisher Mutter mit meinen beiden Schwestern geschlafen hatte, das Elternschlafzimmer. Ursel und Karin wurden ausquartiert und erhielten ein Etagenbett in einer winzigen Kammer neben unserem Wohnraum, in dem vorher ein Schrank gestanden hatte. Die Familie war wieder zusammen. Eigentlich hätte alles so sein können, wie es früher war.

Vater war wortkarg. Manchmal versuchte er, ein Gespräch in Gang zu bringen. Wir Kinder wussten nicht so recht, worüber wir uns mit ihm unterhalten sollten. Die Aufforderung unserer Mutter, ihn nichts zu fragen, machte uns hilflos und scheu. Nach einigen Wochen sah sein entstelltes Gesicht fast wieder so aus, wie wir unseren Vater kannten.

Ein Zahnarzt behandelte seine noch vorhandenen Zähne und versuchte, ihm ein Gebiss herzustellen, was sehr schwierig war, weil das notwendige Material fehlte. Wir wussten nicht, was er als Sachleistung auftrieb und als Bezahlung zum Zahnarzt brachte. Die geltende Reichsmark hatte kaum noch Zahlungswert und größere Summen wurden allgemein in Lebensmitteln oder anderen Sachwerten beglichen. Einmal erzählte er begeistert von „Lachgas", das der Arzt ihm wohl als Narkosemittel zu einer Behandlung verabreicht hatte. Dass er danach fast heiter von seinen Zähnen erzählte, mag wohl eine Nachwirkung gewesen sein und befremdete uns.

Als er mit einem selbst konstruierten Destillationsgerät auf unserem Küchenherd begann, aus Getreidekörnern Schnaps zu brennen, musste es ihm wohl gelungen sein, einen Abnehmer dafür zu finden und kostbare Lebensmittel dagegen einzutauschen. Auch wir Kinder wussten, dass das Brennen von Schnaps streng verboten war, und uns wurden Versprechen abgenommen, niemandem etwas von unserer kleinen Fabrik in der Küche zu erzählen. Die Türen wurden abgeschlossen. Keiner durfte herein gelassen werden. Das zum Brennen benötigte Getreide stand zum Keimen unter unserem Küchenherd und musste ständig feucht gehalten werden. Vater hatte einen hohen, besonders stabilen Topf mit einem Aufsatz konstruiert, Er nannte ihn Brennblase. Wenn die Maische, eine aus dem gekeimten Getreide gewonnene breiige Masse, lange genug in dieser Blase gekocht hatte, trat Dampf aus einer Öffnung des Aufsatzes und wurde in einer aufgesetzten Röhrenspirale abgekühlt, sodass ein Gemisch von Wasser und Alkohol aus der Spirale tröpfelte. Die Flüssigkeit, in der sich etwa 55 % Alkohol befand, wurde aufgefangen und entsprechend mit Wasser verdünnt, in Flaschen gefüllt, mit unterschiedlichen Geschmacksstoffen aromatisiert und gefärbt. Bei den Aktionen stand eine Sammlung von Aroma- und Farbfläschchen auf dem Küchentisch. Cognac wurde braun gefärbt, Fruchtliköre meistens rot, Mintlikör grün, und nur der normale Schnaps blieb durchsichtig wie Wasser. Mit einem Gerät, das aussah wie ein Fieberthermometer, wurde der Alkoholgehalt genau gemessen. Cognac wurde auf 34 % verdünnt, Liköre auf 28% und der ‚Klare' enthielt nach seiner Behandlung 38 % Alkohol. Die Brennerei war nicht ganz ungefährlich, aber wahrscheinlich hat mein Vater uns mit dieser primitiven Anlage vor weiterem Hungern bewahrt.

Walter Jakobs (1946)

„Heute Nachmittag besuche ich Walter Jakobs, willst du mitfahren?", fragte Vater eines Tages im Herbst. Als ich ihn verständnislos ansah, fügte er hinzu: „Du kennst ihn. Er hat dich damals vom Kloster Odilienberg abgeholt, als du im Krieg mit der Kinderlandverschickung im Elsass warst." Mir fiel alles wieder ein. Walter Jakobs war gekommen, hatte mich mit dem Zug nach Oberhausen gebracht, von wo aus ich dann allein zu Mutter nach Westpreußen gefahren war. Damals war ich elf Jahre alt. Natürlich wollte ich mit. Ich war immer neugierig auf Menschen und wollte wissen, was aus ihm geworden war. Mit der Linie 4 ging es los. Vater hatte seine Adresse von irgendjemandem erfahren.

Die Schienen der Straßenbahn waren inzwischen notdürftig repariert, aber in jeder Straßenbiegung kreischten sie ganz fürchterlich. Manchmal wackelte der Wagen bedenklich, er sah sehr reparaturbedürftig aus. Es waren noch die gleichen Waggons wie vor dem Krieg. Vorne stand der Fahrer, drehte an einem großen Hebel, wenn die Schienen eine Biegung machten und ein großer roter Knopf verband wohl den Abnahmebügel der Bahn mit der Leitung über der Straße. Die Männer standen immer noch auf dem „Plafond" und die Frauen und Kinder saßen im Inneren des Wagens. Vor dem Anhalten zog der Schaffner, der auch die Karten in der Bahn verkaufte, an einer Strippe, die über die ganze Länge an der Decke des Waggons gespannt war, und eine Klingel schrillte grell. Dabei rief er laut den Namen der nächsten Haltestelle aus. Vor seinem Bauch baumelte immer noch die Geldkassette, in die er oben das vom Fahrgast bezahlte Geld hineinsteckte und unten mit Knopfdruck die in einzelne Röhren sortierten Münzen des Wechselgeldes herausholte.

Wir fuhren vorbei an zerstörten Häusern. Im Tunnel unter der Eisenbahn war Schutt an die Seite geschaufelt. In einem Haus stand immer noch das Klavier in einem zur Straße offenen Zimmer des ersten Stocks. In der unteren Etage hatte man die Außenmauer wieder hochgezogen, Bretter vor die Fensteröffnungen genagelt, aber ein kleines Loch für ein Fensterchen gelassen, in das sogar Glas eingesetzt war. Glas war eine Kostbarkeit. Den Leuten machte es wohl nichts aus, dass über ihnen nur noch die Innenwände standen und die Außenwände fehlten, so dass jeder in die oberen Wohnungen hineinsehen konnte. Es musste doch durchregnen, überlegte ich, denn die Zimmerböden waren wahrscheinlich nicht wasserdicht.

Von einem Gasometer stand nur noch das Gerippe. Der Rest des Stahlgerüstes ragte riesig und großartig in den Himmel. Der Zylinder, der eigentlich mit Gas gefüllt sein sollte und sich je nach Inhalt hob und senkte, war nicht mehr vorhanden. Vater schmerzte der Anblick all dieser Ruinen. Ich sah es an seinem Gesicht. Was er wohl dachte? Schämte er sich, dass alles so gekommen war? Aber über diese Fragen wurde bei uns nicht gesprochen.

Als wir aus der Straßenbahn stiegen, waren es nur ein paar Schritte bis zu einer Kellertür. Das Haus darüber war bis auf eine Seitenwand überhaupt nicht mehr vorhanden. Vater klopfte und ein alter Mann öffnete die Tür. Wortlos gaben sich die beiden Männer die Hand. Erst dann erkannte ich ihn. Es waren erst drei Jahre vergangen. Es war Walter Jakobs. Welch ein Unterschied! War das der Mann, der im Kloster Odilienberg vor dem Schreibtisch der Mutter Oberin und der Lagerleiterin gesessen hatte? In seiner NSKK Uniform mit schwarzer Stiefelhose, einer eng am Körper liegenden braunen Jacke mit Achselklappen und einem Hakenkreuz auf dem Ärmel? Selbstbewusst hatte er in dem kleinen Büro mit der Kloster- und Lagerleitung verhandelt. Sein schwarzes Schiffchen hatte er vom Kopf genommen und auf sein Knie gelegt. Für das elfjährige Mädchen war er damals der Retter. Ich hatte so großes Heimweh nach Mutter gehabt, und er würde dafür sorgen, dass ich endlich zu ihr reisen könnte. Deshalb hatte ich auch voll Vertrauen meine Hand in seine gelegt, als wir kurz darauf das Kloster verließen, um mit dem Zug nach Oberhausen zu fahren.

Was war aus diesem Mann geworden? Gelb im Gesicht, mit eingefallenen Wangen und weißem Haar saß er mit hängenden Schultern auf einer Kiste, in der wohl alle seine Habseligkeiten verstaut waren. Auf einer kleinen Anrichte stand ein Gaskocher, auf dem er nun Wasser erhitzte, um einen Gerstenkaffee zu kochen. Vater saß auf dem einzigen Stuhl und ich auf seinem Knie. Auf der Anrichte standen zwei Tassen, ein Teller und daneben lagen ein Messer, eine Gabel, ein Löffel. und ein kleines Küchenmesser. Mit der Hand wischte er ein paar Brotkrümel vom Tisch. An der Schmalseite des Raumes war eine Liege eingepasst.

Das Wasser begann zu kochen. Er schüttete es in einen Krug, in den er vorher einen Löffel von dem gerösteten Gerstenpulver gegeben hatte. Nach einigen Minuten füllte er die beiden Tassen mit dem Kaffee und stellte sie auf den Tisch. Für mich gab es keine Tasse mehr. Ich mochte ohnehin nichts trinken.

Als Herr Jakobs sagte: „Ich habe ein Dach überm Kopf gefunden", war ich erleichtert, die Stille war immer bedrückender geworden. Und dann erzählte er, und wir hörten zu. Vater sagte lange nichts.

„Diesen Kellerraum habe ich leer vorgefunden. Wem das Haus gehört, weiß ich nicht. Es kann sein, dass ich den

Keller wieder verlassen muss, sobald die Bewohner zurückkommen. Dann sind sie sicher froh, dass sie wenigstens in
dem Kellerraum unterkommen können. Die Liege und den
Tisch habe ich mir aus Trümmern herausgeholt. Wem sie
gehören, weiß ich nicht. Den Gaskocher hat mir jemand
geschenkt. Bis jetzt ist es gut gegangen mit dem Gas. Die
Leitung hier im Keller ist hoffentlich in Ordnung. Ich habe
noch keine Schwierigkeiten damit gehabt. Lebensmittel-
marken bekomme ich, aber sonst nichts, weil ich bei der
Entnazifizierung in die Gruppe drei eingestuft worden bin.
Deshalb haben wir ja auch Berufsverbot und dürfen unseren früheren Beruf nicht ausüben. Ich muss Bombentrichter zuschaufeln und Schutt wegräumen. Und die Aufpasser
dabei sind voller Hass."

‚Was hatte er wohl früher für einen Beruf? Und die Aufpasser, das waren vielleicht Menschen, die unter den Nazis sehr gelitten hatten', dachte ich, ‚ihren Hass könnte ich
verstehen.' Vater sagte nur einmal kurz: „Ich bin auch in
Gruppe drei."

Ich dachte an die Zeit, als Vater die gleiche Uniform getragen hatte wie Walter Jakobs. Sie hatten laut und übermütig geredet und viel gelacht und wahrscheinlich wenig
über alles nachgedacht. Sie hatten bis zum Ende des Krieges
an eine Wunderwaffe geglaubt und daran, dass der Führer
schon alles zum guten Ende führen würde.

Und dann sagte Walter Jakobs: "August, wir hätten es wissen müssen." Vater antwortete nicht.

„Meine Familie war in Pommern evakuiert", erzählte er
weiter. Meine Frau ist mit den beiden Kindern zu einer
Kusine gefahren und hat dort gelebt. Die Kinder sind zur
Schule gegangen, und meine Frau hat der Kusine auf dem
Hof geholfen. Seit dem letzten Brief von vor fast zwei Jah-
ren habe ich nichts mehr von ihnen gehört. Ich weiß nicht,

ob sie auf dem Hof geblieben oder mit einem Treck geflüchtet sind. Ob ich sie jemals wiedersehe, ist sehr ungewiss." Er stand auf und machte sich an seiner Liege zu schaffen, zupfte die Decke zurecht, die die Liege bedeckte. Als er nach einiger Zeit zurückkam, waren Tränen auf seinen Wangen zu sehen. Vater räusperte sich verlegen. Vielleicht war es ein Ausdruck von Anteilnahme, dass er Walters Tasse wieder mit Kaffee füllte. Ich rutschte von Vaters Knie und setzte mich auf die Liege. Am Tisch wollte ich nicht mehr sitzen.

Später erzählte Vater von einem ihrer gemeinsamen Kameraden, der früher das NSKK in Oberhausen geleitet hatte. „Ich habe ihn neulich getroffen. Er gab damit an, dass er eifrig auf dem Schwarzmarkt beschäftigt ist. ‚August, ich kann dir fast alles besorgen, wenn du mal was brauchst', hat er aufgeblasen verkündet. Er war gut angezogen und führte schon wieder das große Wort. Natürlich war er schon immer gegen die Nazis gewesen, jedenfalls gegen die „Auswüchse", von denen aber Hitler wahrscheinlich nichts gewusst habe, behauptete er lauthals." Walter Jakobs fügte hinzu: „Das hat mir neulich auch jemand erzählt. Für seinen Entnazifizierungs-Fragebogen hatte er viele Leute überreden oder sogar bestechen können, die ihm dann ein gutes Leumundszeugnis ausstellten. Und er hat sich entlastende Aussagen auf dem „Schwarzen Markt" gekauft. Nach all diesen Aussagen war er nie ein richtiger Nazi gewesen, hatte sich sogar manchmal kritisch gegen das Regime geäußert und nie jemandem etwas zuleide getan." Er rührte nachdenklich in seiner Kaffeetasse. „Na ja, mit solchen Betrügereien hat er sich dann gedrückt. Diese Zeugenaussagen haben wohl bei seinen Überprüfungen gewirkt. Er wurde nicht interniert und nicht in den Ruinen zum Aufräumen eingesetzt und auch nicht zum Zuschaufeln der Bombentrichter. Er hatte genügend Zeit, um sich auf dem Schwarzmarkt zu betätigen und sich dort in die neuen Kreise einzuführen", ergänzte Vater. Beide Männer schwiegen lange. Vielleicht dachte Vater auch an seine lange Internierungszeit. Eigentlich hatten sie diesen Kameraden noch nie so richtig gemocht. Ich hatte oft gehört, wie Vater Mutter abfällig von ihm berichtete. Er sei großmäulig und dumm und skrupellos. ‚Aber sie selbst?' dachte ich, ‚sie hatten sich nicht gegen solche Menschen gewehrt und alles mitgemacht und auch meistens noch für gut befunden.'

Während der Fahrt nach Hause bezahlte Vater wortlos unsere Fahrscheine und sagte nichts mehr. Wortlos stieg er an der Haltestelle „Stadttheater" aus. Als Mutter ihn fragte: „Wie geht es Walter Jakobs?", winkte er nur ab und sagte: „Später!"

Madchenkreis (1946)

Margot Behrens, so hieß sie eigentlich, aber alle kannten sie nur als Schwester Margot, ein kleines pummeliges Persönchen, mit lachenden blauen Augen, lebhaften Bewegungen und schlagfertigem Witz. Als Kaiserswerther Diakonisse trug sie ein bis zu den Füßen reichendes dunkelblaues Kleid mit kleinen hellblauen Pünktchen. Auf dem Kopf saß eine kesse, steife Organzahaube mit einer Schleife unter dem Kinn, die manchmal bedrohlich zitterte, wenn sie wütend wurde, aber auch wenn sie laut lachte. Sie war schon meine Schwester Margot gewesen, als ich noch in den Kindergarten ging. Und jetzt im vorgerückten Alter von 14 Jahren begegnete ich ihr nach den langen Abwesenheiten im Krieg wieder. Sie erkannte mich gleich, zumal sie Mutter heimlich Pakete zukommen ließ, obwohl Mutter als Gottgläubige aus der Nazizeit hervorgegangen war, also ihre Mitgliedschaft in der evangelischen Kirche gekündigt hatte.
Als ich sie das erste Mal besuchte, sagte sie nur wenig. Sie lud mich zu einem Tee ein und stellte Plätzchen auf den niedrigen Kindertisch im Kindergarten, der wieder geöffnet war und den sie immer noch leitete, und dann sagte sie erst einmal nichts mehr. Sie wartete. Der Kindergarten hatte sich verkleinert. Es fehlte der wunderschöne runde Brunnen, der im Waschraum gestanden hatte, und dessen Ränder so niedrig gewesen waren, dass auch die Kleinen sich bequem darin die Hände waschen konnten. Über jedem Wasserhahn war ein buntes Tierbild aufgemalt. Es fehlte auch der Schrank mit den vielen Schubladen, in denen sortiert die kleinen Holztierchen, Holzmenschen, Holzhäuschen, Holzkirchen und Holzzäune in großen Mengen

gelegen hatten. Aber es gab den Kindergarten noch! Es gab noch die Tische und Stühlchen für die ganz Kleinen und die etwas größeren für die älteren Kinder. Ich merkte, dass Schwester Margot mich immer noch geduldig und etwas neugierig, wie es ihre Art war, ansah. „Na, ja", was sollte ich bloß sagen? „Wir sind wieder zurück." „Hm", sagte sie, und wieder war es still. Sie konnte ja auch einmal etwas sagen! Und dann nach einer sehr langen Pause, da mir wirklich gar nichts einfiel, fing sie an; „Das habe ich mir gedacht", und wieder war Schluss. Aber dann fiel mir zum Glück ein, warum ich eigentlich gekommen war. „ Ich soll mich, auch im Namen meiner Mutter, für das Paket bedanken mit der Pulvermilch, den Rosinen, den Haferflocken. Ja, und dem grünen Kleid für mich." „Das habe ich doch gern gemacht, ich kenne euch doch, und habe euch nicht vergessen." Von da an ging es leichter. Ich erzählte von unserer Evakuierung in Northeim und in Westpreußen, vom Hungern, von unserem Umzug in die Mansarden unserer Wohnung, aus der wir ausziehen mussten, und wie das alles gekommen war. „Und dein Vater, was ist mit ihm?" Und nun musste ich ihr die Geschichte von Vater erzählen: dass er als Nazi interniert worden war, dass wir zuerst gedacht hatten, er sei tot, dass wir auch später nicht wussten, ob er noch lebte und auch nicht, wo er überhaupt sei. Ich erzählte auch, dass Mutter manchmal traurig gewesen sei, weil sie doch damals aus der Kirche ausgetreten war und dass sie auch deshalb nicht selbst gekommen sei, um sich zu bedanken, weil sie sich schämte. Und dann legte Schwester Margot ihre Hand auf meine und lachte mich mit ihren strahlenden blauen Augen an und sagte: „Jetzt bist du hier, wir werden sehen, wie es weiter geht."

Und dann erzählte sie mir, wie es ihr und dem Kindergarten in den letzten Jahren gegangen war. Schon ein Jahr vor

Ende des Krieges hatten sie den Kindergarten schließen müssen. Die meisten Kinder befanden sich nicht mehr in Oberhausen. Sie waren mit ihren Müttern vor den Bombenangriffen geflohen und befanden sich irgendwo auf dem Land bei Verwandten oder in Heimen. Zuerst war die Christuskirche von einer Luftmine getroffen worden. Das Kirchendach war eingestürzt und die Kirche konnte nicht mehr benutzt werden. Die sonntäglichen Gottesdienste waren ins Gemeindehaus verlegt worden. Dann hatten Brandbomben das Gemeindehaus teilweise zerstört. Da die Andachten nur noch wenig besucht wurden, genügte ein kleiner Raum im hinteren Erdgeschoss, den man notdürftig wieder hergestellt hatte. Einen Pfarrer gab es ohnehin nicht mehr. Keiner wusste so recht, was aus ihm geworden war. Er hatte sich manchmal abfällig über die Repressalien gegenüber den Kirchen geäußert und war dann bald zum Militär eingezogen worden.

„Besuch mich mal! Vielleicht magst du auch in unseren Mädchenkreis kommen, in dem Mädchen in deinem Alter sich einmal in der Woche treffen." Ganz wohl war mir nicht bei dieser Einladung. Natürlich wusste ich, dass dort auch fromme Lieder gesungen und gebetet wurde, und so was alles, und dass es nicht nur darum ging, dass die Mädchen sich etwas erzählten. Wollte sie mich bekehren? Wieder in den Schoß der Kirche zurückholen? Na ja, mal sehen, dachte ich.

Zwei Wochen später ging ich zum ersten Mal zum Gemeindehaus, wo sich an jedem Dienstag die Mädchen am Abend um sieben Uhr trafen. Die Mädchen lernte ich bald näher kennen, die Abende mit ihnen und Schwester Margot waren unbeschwert und fröhlich, wir sangen – nicht nur Kirchenlieder – wir bastelten für den Kindergarten, der nur wenig Spielzeug hatte retten können, und wir erzählten uns die kleinen Ereignisse, die uns in der vergangenen Woche begegnet waren. Manchmal war der neue Pastor der Gemeinde dabei. Wir redeten über Geschichten aus der Bibel, und ich hatte viele Fragen, denn ich wusste wenig und war auch oft anderer Meinung. Es entstanden Diskussionen. Das gefiel mir. Den Pastor mochte ich nicht so sehr. Er sprach immer leise, hatte fettige Haut und schmutzige Fingernägel. Schwester Margot sagte mir, er habe im Krieg ein schweres Schicksal gehabt. Ich mochte ihn trotzdem nicht.

Schwester Margot

Und wir spielten Theater, was mir besonders gefiel. Einmal hatten wir uns den Schweinehirt nach dem Märchen der Brüder Grimm ausgesucht. Eine Spielvorlage gab es nicht.

Jeder sollte seine Rolle im Sinne der Geschichte selbst gestalten. Es gab auch keinen auswendig gelernten Text. Ich war der Schweinehirt. Ich trug eine alte Hose von Onkel Willi, ein halb zerrissenes Hemd und einen verbeulten Hut, den ich auf dem Speicher unseres Hauses gefunden hatte. Ich war lang und schlaksig und lümmelte mich entsprechend auf der Bühne herum. Eigentlich war es keine richtige Bühne. Es war der Altarraum im Gemeindesaal. Der Altar war zugehängt, die aufgestellten Kerzen weggeräumt. Ich muss wohl sehr witzig gewirkt haben, denn das Publikum, das aus den Müttern und Geschwistern der ‚Schauspielerinnen' und einigen Zuschauern aus der Gemeinde bestand, lachte häufig und manchmal wurde sogar geklatscht. Ich drehte immer mehr auf, beschrieb das wunderbare, reichliche Essen, das ich bald in meinem Schweinehirtendasein haben würde, nämlich Heringe mit Pellkartoffeln und Reisbrei mit Apfelkompott satt und ein Haus, in dem es immer warm sein würde, bei Tag und bei Nacht, auch im Winter. Das Publikum freute sich. Zwei Frauen in der ersten Reihe fingen plötzlich an zu weinen. Ich war erschrocken, hatte ich etwas falsch gemacht? Ich brach die ausschweifende Darstellung dieser Szene ab und kam wieder zurück zur eigentlichen Geschichte des Schweinehirten. Trotz dieses kleinen Zwischenfalls war unsere Vorstellung ein Erfolg geworden. Wir wurden von allen Seiten gelobt.

Als ich schon fast ein Jahr dabei war, sagte Schwester Margot eines Abends: „Habt ihr Lust auf eine Freizeit?" Freizeit, was sollte das denn sein! Freie Zeit wovon? Sollte der Mädchenkreis ausfallen oder wir nicht mehr zur Schule gehen? „Freizeit im Bergischen Land in einem Haus, das der evangelischen Kirche gehört und das Jugendgruppen für eine Woche zur Verfügung gestellt wird." Das hörte sich schon besser an. Bei den „Jungmädeln" im Krieg hatte das ‚Lager' oder ‚Heimschulung' geheißen. Jetzt also ‚Freizeit'. Also in den Ferien ins Bergische Land in so eine Art Jugendherberge mit Etagenbetten und Küchendienst nach dem Essen. Es würde nur ganz wenig kosten. Wir alle wollten mit und keine blieb zurück, weil nämlich Schwester Margot eine geheime Kasse hatte, mit der diejenigen unterstützt wurden, deren Mütter das Geld nicht aufbringen konnten.

Natürlich durfte ich mitfahren, Mutter gab mir Geld und Oma Ida tat auch etwas dazu. Aber vorher gab es noch eine böse Überraschung für mich. Wir mussten alle zum Gesundheitsamt, damit festgestellt werden konnte, ob keiner eine ansteckende Krankheit hatte. Bei mir machte der Amtsarzt ein bedenkliches Gesicht. „Du kannst leider nicht mitfahren", sagte er, „du hast Schatten auf der Lunge, und eine Tuberkulose ist nicht auszuschließen." Ich war enttäuscht und Mutter regte sich furchtbar auf. Was würde wohl auf mich und die ganze Familie zukommen, wenn diese Diagnose stimmte? Traurig musste ich Schwester Margot das Ergebnis und meine Absage der Reise mitteilen. Aber sie machte mir Mut. „So schnell geben wir nicht auf. Du gehst erst einmal ins evangelische Krankenhaus und lässt dich dort röntgen. Sie haben ein neues Gerät, das vielleicht ein besseres Bild von deiner Lunge machen kann. Sag, Schwester Margot hat dich geschickt." Und dort fand man heraus, dass zwar ein Schatten auf der Lunge war, aber es war keine Tuberkulose, sondern eine starke Erkältung, die ich sehr häufig vom Schwimmtraining im Chlorwasser des Hallenbades bekam und die mit starkem Schnupfen und Husten einherging. Mutter war sehr froh, als sie das Ergebnis hörte, ich freute mich auf die Reise und Schwester Margot verkündete fröhlich im Mädchenkreis, dass ich nun doch mitfahren könne.

Oma nähte mir einen Bikini. Diesen sehr knappen Badeanzug hatte ich vor einigen Wochen in einem amerikanischen Film gesehen, und ich fand ihn sehr aufregend. Oma kramte einen kleinen Fetzen geblümten Baumwollstoff aus ihrer Restekiste, das Oberteil saß sehr locker. Das machte aber nichts, denn an diesen Stellen musste noch nicht viel bedeckt werden. Die kurze Hose wurde durch ein Bündchen gehalten, das an der Seite geknöpft war. Die Öffnungen für die Beine wurden mit einem Gummiband zusammen gezogen. Der Bikini hatte wenig Ähnlichkeit mit dem Bikini aus dem Film. aber ich war sehr stolz auf ihn. In der Nähe des Freizeithauses gab es einen See, in Felsen eingebettet. mit grünem klaren Wasser und einem großen Stein in der Mitte, auf dem wir posierten und uns fühlten wie die Wassernixen aus dem Film mit der amerikanischen Schauspielerin Rita Hayworth.

Und dann begann ich, die Rolle des ,Nino' zu spielen. Nino war ein schöner Junge aus einem Film, für den wir alle schwärmten. Die amerikanischen Filme waren so ganz anders als die Filme, die wir kannten, wie Quax der Bruchpilot mit Heinz Rühmann oder der Durchhaltefilm vom siebenjährigen Krieg und Friedrich dem Großen. Wir spielten Szenen aus dem Film nach. Da ich einen Kopf größer war als die anderen, wurde mir natürlich die Rolle des Nino zugeteilt. Ich muss diese Rolle so überzeugend gespielt haben, dass Fräulein Neitzert, unsere Betreuerin, begann, sich Sorgen zu machen. So nahm sie mich eines Tages an die Seite. „Ich muss ein ernstes Wort mit dir reden. Du solltest den Nino nicht weiter so nachahmen." Ich wusste zunächst nicht, was sie meinte. „Man könnte auf die Idee kommen, du wärst nicht ganz natürlich, was dein Geschlecht betrifft." So langsam begann ich sie zu verstehen. Ich war fassungslos. „Ich kann das nicht zulassen, was ihr da macht. Ich habe die Aufgabe, euch zu betreuen. Man könnte meinen, ihr lasst euch in merkwürdige Rollen fallen, die die Geschlechter vertauschen." Betroffen war ich, aber ganz einsehen konnte ich ihre Argumente nicht. Ich erklärte meinen elf ,Filmfreundinnen, dass dieses Spiel beendet sei und dass wir die ganze Sache vergessen sollten. Auch sie waren betroffen, aber für die nächsten Tage hatten wir einen neuen Gesprächsstoff: Was sind eigentlich Schwule? Was machen die denn so? Könnten wir uns so etwas überhaupt vorstellen? Aber bald war bei dem schönen Wetter, den kleinen Ausflügen, die wir machten, dem wunderschönen grünen See alles vergessen. Schwester Margot, die uns nicht begleitet hatte, hörte sich nach unserer Rückkehr unsere begeisterten Erzählungen interessiert an. Die Geschichte von Nino war aber nicht dabei.

Später, nachdem ich konfirmiert worden war, übernahm ich Aufgaben in der Gemeinde. Ich wurde Helferin im Kindergottesdienst. Ich hatte die Aufgabe, einer Gruppe von Kindern an jedem Sonntag das Bibelwort zu erläutern, das der Pastor den Kindern vorgelesen hatte. Nach dem normalen Gottesdienst der Erwachsenen trafen sich die Kinder. Diese halbe Stunde mit ihnen machte mir viel Spaß, und oft wurde ich sehr nachdenklich. Die Kinder fragten so ehrlich und grundsätzlich nach Inhalten, die die Erwachsenen nicht mehr in Frage stellten. Von ihnen lernte ich, die eingefahrenen Interpretationsweisen zu verlassen. Einmal in der Woche trafen sich die Helferinnen mit dem Pastor und Schwester Margot zur Vorbereitung, in denen wir die für den nächsten Sonntag vorgesehenen Bibelstellen durchsprachen.

Dabei kamen Schwester Margot und ich uns immer näher. Schon längst hatte ich bemerkt, dass sie ein besonderes Interesse an mir hatte, und es wurde immer deutlicher, dass sie mich gern in Kaiserswerth als Diakonisse gesehen hätte.

Immer wieder kam sie darauf zu sprechen, wie glücklich sie in ihrem Beruf sei und wie sie sich in ihrem ‚Mutterhaus' geborgen fühle, und wie sie die Schwierigkeiten dieser Welt mit ihrem Glauben bewältigen könne. Und in der Tat war sie eine sehr fröhliche und in sich ruhende Person. Das beeindruckte mich, und ich begann darüber nachzudenken, ob sie vielleicht Recht hatte mit ihren Wünschen für mich. Oft quälte mich auch der Gedanke an eine solche Bindung, weil ich das Leben, so wie ich es führte, sehr schön fand und ich widersprach ihr immer öfter. Ich stellte fest, dass es nicht leicht ist, seine eigene Bestimmung zu erkennen. Aber diese Frage sollte sich dann von selbst lösen, als ich glaubte, meiner Familie helfen zu müssen. Hinzu waren Briefe gekommen, die ich von einer Freundin aus Kaiserswerth erhielt. Sie hatte damals die Partnerin von Nino gespielt, dadurch waren wir uns näher gekommen. Sie war inzwischen ins Mutterhaus gegangen und wurde dort zur Gemeindehelferin ausgebildet, um später vielleicht Diakonisse zu werden. Was sie schrieb, war nicht ermutigend. Offensichtlich war das Leben in Kaiserswerth bei den Diakonissen sehr eng und weltabgewandt. Das wurde an einer Passage ihres Briefes deutlich.

„Kaiserswerth, den 30. September 1948
Den ganzen Tag hatten wir fleißig gearbeitet, und wir
sehnten uns nach einer Abwechslung. Es wurde beraten
und ein Kurier zu Schwester Hedwig geschickt (un-
serer Leiterin) mit der Bitte, einen Spaziergang zum
Rhein zu unternehmen. Wir waren voller Hoffnung,
sollten aber recht bald enttäuscht werden. Die Antwort
unserer gestrengen Mutter lautete so: ‚Einen Spazier-
gang an den Rhein dürfen sie nicht unternehmen, aber
wenn Sie wollen, dürfen Sie etwas in den Hof gehen!'
Wir waren so verblüfft, dass wir nicht mehr wussten,

was wir sagen sollten. In den Hof gehen und spielen,
das Richtige für uns! Warum aber durften wir nicht
an den Rhein? Weil dort ein Ruderrennen veranstaltet
wurde. Weißt Du, so etwas dürfen wir ja grundsätzlich
nicht besuchen. Vielleicht hätten uns die Zuschauer,
vor allen Dingen die jungen Herren, geschadet. Was
meinst du dazu?
Viele herzliche Grüße sendet Dir Gisela"

Und am 9. November 1948 schrieb sie, als sie für einige
Tage in Oberhausen gewesen war und dabei den Mädchenkreis besucht hatte:

„Vielleicht warst Du auch ein bisschen fremd berührt,
als ich an dem einen Abend nicht so fröhlich und frei
mit Euch sein konnte. Geht es Dir manchmal nicht
genauso? Aber an dem Abend war mir so schrecklich
schwer zumute. Jedoch denken wir an die Zeit, die
wir im Quellengrund (Freizeit im Bergischen Land)
verbrachten!"

Auch Fräulein Neitzert, die Gemeindehelferin, die mit uns
im Bergischen Land gewesen war und sich auch viel um den
Mädchenkreis kümmerte, hatte ihre persönlichen Pläne
mit mir. Sie lud mich eines Tages ein, mit ihr gemeinsam
ihre Familie zu besuchen, die in Rheinberg auf der anderen
Rheinseite lebte. Ich war sehr stolz und freute mich auf die
kleine Reise. Die ganze Familie war schon am Tisch zum
Abendessen versammelt, als wir ankamen. Mir wurde der
Platz neben einem jungen Mann zugewiesen, der, wie sich
bald herausstellte, der Bruder von Fräulein Neitzert war
und Herbert hieß. Auch wurde angedeutet, dass er bereits
im Berufsleben stand und 24 Jahre alt sei. Mit wurde bald
klar, was diese Einladung zu bedeuten hatte. Nach dem Essen wurde uns ein Spaziergang empfohlen. Herbert sollte
mir die Stadt ein wenig zeigen, während die übrigen Fa-

milienmitglieder die Küche wieder in Ordnung brachten. Aber der gewünschte Funke sprang nicht über. Für mich war dieser junge Mann viel zu alt, er war ja schon richtig erwachsen, und für ihn war ich wohl nur eine kleine Göre, die ihm da angehängt werden sollte. Am nächsten Tag reisten wir zurück nach Oberhausen. Ich habe Herbert nie wiedergesehen.

Eismaschinen (1947)

Vater wollte eine seiner von ihm konstruierten Eismaschinen nach Hilden ausliefern. Ein ehemaliger Nazi-Kamerad hatte ein altes Dreirad-Auto zur Verfügung gestellt. Und ich durfte mitfahren. Vater fragte mich oft, ob er ihn begleiten wolle. Er war stolz auf seine große Tochter. Wir fuhren mit der Straßenbahn nach Sterkrade, und dort stand schon das etwas wackelige Auto in der Fabrik und wartete auf uns. Ein Mechaniker, der nach Vaters Anweisungen seine Entwürfe in wirkliche Maschinen umsetzte, half ihm beim Aufladen. Vater hob noch einmal das große Tuch hoch und schaute sich verliebt sein Werk an.

Herr Busch, der Besitzer der ehemaligen kleinen Fabrik, kam auch dazu. Ich kannte ihn schon lange, auch seine Frau Elisabeth. Seine Kinder waren etwa im gleichen Alter wie Karin, Ursel und ich. Früher waren wir mit ihnen manchmal spazieren gegangen oder hatten sie in Sterkrade besucht. Buschs waren ‚reiche Leute'. Sie hatten eine große Villa in Sterkrade. Wenn wir dort zu Besuch waren, spielten wir in der weitläufigen Wohnung. Die Wände waren mit Holz getäfelt, in den riesigen Zimmern standen schwere Möbel, an den Decken hingen große Kronleuchter. Alles war vornehm und nichts so wie bei uns zu Hause. Am meisten hatte mir imponiert, wenn die Speisen in einem Fahrstuhl aus dem Keller ankamen. Wir saßen im Esszimmer an einem riesigen Tisch, an dem zehn Personen Platz hatten. Frau Busch öffnete dann nur die Tür in der Wand, entnahm dem Speisefahrstuhl die Schüsseln, schloss die Klappen wieder und man konnte hören, wie der Fahrstuhl wieder nach unten in den Keller zurückfuhr, wo alles in einer großen Küche von den Dienstmädchen bereitet wurde. Auch das schmutzige Geschirr wurde nach dem Essen in den Fahrstuhl gestellt und keiner von der Familie brauchte die Küche wieder in Ordnung zu bringen. Ich fühlte mich wie in einem Schloss.

Vater, Margrid, Mutter

Aber jetzt war alles anders. Das Haus war schwer beschädigt. Die Maschinenfabrik von Herrn Busch durfte nicht mehr produzieren. Die Fabrik war stillgelegt.

Heinrich Busch war ein Nazikamerad von Vater. Früher, vor 1945 hatten sie in ihrem ‚Sturm‘ bei Kameradschaftsabenden zusammen gesessen. Was sie dort genau gemacht hatten, weiß ich nicht, wahrscheinlich etwas Ähnliches wie wir als Jungmädel bei unseren Heimabenden, nämlich Schulungen zur Ideologie des Naziregimes. Manchmal waren sie auch auf ihren Motorrädern in die Umgebung gefahren. Davon berichtete Vater immer noch begeistert. Er schwärmte geradezu davon, wie sie ihre `Krads` im Griff gehabt, Kunststücke über Hindernisse versucht hatten, durch Schlamm und Wiesen mehr gerutscht als gefahren und dann um die Wette wieder nach Hause gerast waren.

Heinrich hatte niemals nach dem Krieg Bombenlöcher zuschaufeln müssen und war auch niemals interniert gewesen, so wie Vater, der 16 Monate in Lagern zugebracht hatte. Durch die Entnazifizierungsverfahren hatte Busch sich durchgemogelt und durchgelogen. Seine Fabrik, in der Maschinen hergestellt worden waren, hatten die Alliierten geschlossen. Er unterlag wie alle Nazis dem Berufsverbot. Allerdings nur einige Jahre; bis nämlich 1949 die Alliierten nach der Gründung der Bundesrepublik Deutschland die Nazi-Verfahren den deutschen Behörden übergaben, die sie alle sofort einstellten.

Als Vater 1946 aus der Internierung zurückgekommen war, stand Heinrich eines Tages vor unserer Mansardentür. Mutter bat ihn höflich herein. Vater, dem es nach der Internierungszeit gesundheitlich schon wieder etwas besser ging, begrüßte ihn reserviert, war er doch enttäuscht von seinen ehemaligen Kameraden, die sich damals oft „Treue bis in den Tod" und „Opferbereitschaft auch in schweren Zeiten" und „einer für alle, alle für einen" geschworen und mit derartigen großen Sprüchen Hingabe an Volk und Führer gelobt hatten. Die meisten aus dem ‚Sturm' waren unbehelligt geblieben und hatten sich skrupellos durch die Zeiten gebracht. Vater hatte erkennen müssen, dass diese Sprüche nicht ernst gemeint gewesen waren. Aber Heinrich war einer der wenigen, die kamen, um sich nach seinem Befinden zu erkundigen und ihn fragte, ob er ihm helfen könne.

Mutter hatte Kaffeetassen auf den Tisch gestellt, und wir Kinder wurden nach unten auf den Hof geschickt,

In den nächsten Wochen fuhr Vater oft nach Sterkrade, und manchmal machte er sogar den Eindruck, als würde er ein wenig wieder so wie früher. Er fragte nach unseren Hausaufgaben und unseren Zensuren in den Klassenarbeiten, oder er begann, sich dafür zu interessieren, was wir Kinder unternahmen, wenn wir die Mansardenwohnung verließen. Er saß oft am Küchentisch, rechnete mit seinem Rechenschieber und zeichnete technische Konstruktionen auf ein Blatt. Er konstruierte eine Eismaschine.

Das also hatte Vater mit Heinrich Busch besprochen, als dieser zu uns in unsere Mansarde gekommen war. Ihm war zwar die Produktion von Maschinen verboten, aber vielleicht konnte man in einem der hinten liegenden Räume der Fabrik heimlich und gegen das Verbot versuchen, mit der Produktion wieder zu beginnen? Natürlich musste man die Fenster verhängen und geschlossen halten, damit niemand etwas merkte und kein Lärm nach außen drang. Vater hatte also gerechnet, gezeichnet, verworfen, Material getestet und wieder von vorne angefangen. Heinrich hatte Vaters Wünsche zu erfüllen versucht, indem er die gewünschten Materialien ,besorgte', ein gängiger Begriff, wenn auf dem Schwarzmarkt eingekauft werden musste. Und dort gab es nahezu alles, auch Metalle, Kurbelwellen, Schrauben und Bleche und sogar kleine Motoren. Werkzeugmaschinen standen noch genügend in der Fabrikhalle von Heinrich, Und so konnte die Produktion von Eismaschinen in der verbotenen Fabrik mit Hilfe eines verschwiegenen Arbeiters begonnen werden. Der Prototyp gelang nicht auf Anhieb, aber bald gelang das erste Eis aus gefärbtem Wasser. Ein Freudentag für Vater und seine beiden heimlichen Mitarbeiter.

Den Vertrieb übernahm Heinrich, die Abnehmer kannten sich häufig aus der Naziszene. Die ersten Maschinen wurden gegen Lebensmittel oder Materialien für die nächsten Eismaschinen getauscht. Bei der Auslieferung fuhr Vater mit, kontrollierte noch einmal, ob die Maschine auch wirklich lief und stellte mit den neuen Besitzern das erste Eis her. Sie machten damit gute Geschäfte, weil die Menschen nach derartigen ‚Luxusgütern'. ausgehungert waren

Zu einer derartigen Auslieferung durfte ich nun einmal mitfahren. Der Besitzer des Autos zog Vater an die Seite: „Wen nehmen wir denn da mit? Ist das deine", Vater unterbrach ihn. „Das ist meine Tochter." Ich würde in einigen Wochen 15 Jahre alt werden, war aber sehr groß, viel größer als all meine Freundinnen. Ich hatte wohl gehört, was der ‚Kamerad' gesagt und konnte mir auch schon denken, was er gemeint hatte. Ich war ja kein kleines Kind mehr.

Wir fuhren also los. Der Besitzer fuhr das Auto. Ich saß in der Mitte, und Vater an der anderen Seite. Manchmal musste er die Tür festhalten, damit sie sich nicht in einer Linkskurve öffnete. Es war eben ein alter klappriger Kasten. Hinten auf der Ladefläche war Vaters Stolz festgezurrt, die Eismaschine. Ab und zu sah Vater nach hinten, ob sie noch fest stand und nicht verrutscht war.

Der Weg nach Hilden war weit, die Straßen sehr holprig und das Auto konnte nur langsam fahren. Ein Dreirad-Auto ist klein, laut, wenig leistungsstark und schlecht gefedert. Aber ich fand die Fahrt wunderbar. Die Scheibe vorne hielt den Wind ab, die Sonne schien, bald hatten wir das schwer zerstörte Sterkrade verlassen, manchmal sahen wir Bauern auf den Feldern, und ich war auf dem Weg in neue Gegenden. Was würde ich heute wohl erleben?

Dann plötzlich in einer Linkskurve rutschte dem Fahrer die Hand vom Steuerrad und fiel direkt auf mein Knie. Zu meiner Überraschung blieb die Hand dort liegen, auch als die Straße wieder schnurgerade weiterführte. Es war mir peinlich. Merkte der Mann denn gar nicht, wo seine Hand hingeraten war? Dann begann die Hand sich zu bewegen, einige Zentimeter an meinem Oberschenkel hinauf, dann kleine Pause, dann wieder einige Zentimeter weiter. Mein Herz begann zu klopfen. Ich begann zu ahnen, dass diese Hand nicht aus Zufall vom Steuerrad auf mein Knie gefallen war. Was wollte der denn bloß, hier im Auto? Als die Hand aber immer weiter rutschte, sah ich einmal verstohlen zu Vater an meiner rechten Seite. Aber er sah interessiert aus dem Fenster und schien nichts zu bemerken. Auf mich allein gestellt, griff ich nach der Hand, die nun schon ein Stück unter meinen Rock geraten war, drückte sie so fest ich konnte, es sollte ihm weh tun, und warf sie weg, einfach so, als wenn ich einen schmutzigen Lappen, denn so fühlte sie sich an, weich und kraftlos, auf die Erde schleuderte. Er fing seine Hand auf und legte sie wieder auf das Steuerrad. Vater sah immer noch aus dem Fenster.

Vater erzählte abends Mutter, dass der Fahrer mich für seine Geliebte gehalten hatte. „Was sind das denn für Leute?", empörte sie sich, „Ist das denn bei denen so üblich, eine Freundin zu haben? Und was macht der denn sonst eigentlich? Ist das auch so ein Schwarzhändler wie einige von deinen Kameraden. Wo hat er überhaupt das Auto her?" Aber auch Mutter musste dann doch lachen, weil er mich schon für so erwachsen gehalten hatte. Sie lachten aber nicht mehr, als ich ihnen berichtete, was dieser Mensch sonst noch an diesem Tag gemacht hatte.

Schwimmen (1949)

Schwimmen konnte ich schon mit fünf Jahren. Ich hatte es im Baldeneysee bei Onkel Konrad gelernt. Aber der Baldeneysee war nicht das 20-m Becken im Stadtbad in Oberhausen. Der See war am Bootshaus 600 m breit. Mein Cousin Horst und ich sind später manchmal hinüber geschwommen, natürlich ohne Erlaubnis und mit anschließender großer Aufregung, ernsthaften Vorhaltungen und Ermahnungen. Aber passiert ist eigentlich nie etwas. Wir fühlten uns im Wasser sicher und freuten uns, wenn das Wasser bei Sonnenschein um uns herum glitzerte oder bei Regen dunkel neben uns aufspritzte, oder wir uns bei Sturm in den Wellentälern verstecken konnten, und dann wieder hochgehoben wurden. Wir lagen den ganzen Tag im Kanu, ließen uns weit draußen ins Wasser gleiten und zogen uns wieder in das Boot. Gedanken an die dunkle Tiefe und die Unheimlichkeiten, die sich dort unten im Flussbett der Ruhr befanden, ließen wir meistens nicht zu. Übermütig tollten wir im Wasser herum.

Das 20-m-Becken im Stadtbad war etwas ganz anderes. Die grünen Fliesen ließen das Wasser durchsichtig und grün gefärbt erscheinen wie flüssiges Glas. Von der Nichtschwimmerhälfte tauchten wir unter der Kette, die die Schwimmerhälfte abtrennte, ins „Tiefe", streng verboten für Nichtschwimmer, aber nicht für uns. An der Leiter kletterten wir wieder aus dem Becken, liefen zum Dreimeterbrett, Von dort oben übersahen wir das ganze Becken. Ein bisschen kitzelte es im Bauch, wenn wir sprangen, solange wir in der Luft waren, unter Wasser konnten wir uns und unsere Bewegungen gegenseitig sehen wie durch eine

Glaswand. Eine Stunde war erlaubt. Wer die Zeit verpasste, musste nachzahlen. Das kostete meistens eine Karte von unserem Zehnerblock. Um sechs Uhr wurde das Bad ohnehin geschlossen, und wir mussten in die Umkleidekabinen. Die Glücklichen vom Schwimmverein, jetzt waren sie an der Reihe mit ihren Übungsstunden. Jeden Samstag wurde das Wasser abgelassen. Es war trübe und schmutzig. Der Wasserspiegel sank langsam. Manchmal durften wir in dem Restwasser bleiben, eigentlich etwas eklig, aber es war Wasser.

Eines Tages passierte etwas furchtbar Aufregendes: Der Trainer des Schwimmvereins, Herr Ahrens, sprach mich an: „Willst du nicht in unseren OSV kommen? Du könntest bei uns trainieren. Du hast die Anlagen dazu." Ich war begeistert. „Frag deine Eltern, und komm zum nächsten Vereinstraining am Montag, wenn sie damit einverstanden sind."

„Natürlich darfst du", meinte Vater stolz. Seine große Tochter, damals war ich gerade sieben Jahre alt, sollte trainiert werden, und das im OSV, im Oberhausener Schwimmverein. So etwas hätte er auch gern gemacht, früher.

Und so begann mein Schwimmtraining. Es war eine ernste Sache, wie ich bald merkte. Nichts mehr mit Planschen und Spielen. Wenn überhaupt, dann nur kurz, solange, bis der Trainer pfiff, und wir uns hinter den Startblöcken versammelten. Jeden Montag und Donnerstag von sechs bis sieben Uhr. Danach kamen die Großen an die Reihe, von 7 – 8, die richtig echt für den nächsten Wettkampf übten.

Zum Beispiel die Viermalhundertmeter-Rückenstaffel der Mädchen. Inge, die Tochter von Herrn Ahrens, war auch dabei. Es wurde erzählt, sie hatten 1936 die Silbermedaille bei der Olympiade in Berlin gewonnen.

Wir übten heftig, fast ohne Pause: „Auf Bahn eins hin, auf

Bahn zwei zurück, kein Stehenbleiben im Nichtschwimmerbecken. Jetzt auf den Startblock! Kopf zwischen die Arme, Körper gestreckt, kräftig vom Block abstoßen und möglichst weit springen, sofort an der Leiter wieder raus, erneut auf den Block, und das mindestens zehnmal. Jetzt unten an die Stange, kräftig mit den Füßen abstoßen, gestreckt unter Wasser vorwärts gleiten, nicht zu früh die Schwimmzüge beginnen. Und jetzt die Wende! Zum Beckenrand schwimmen, mit beiden Händen anschlagen, heranziehen, nicht zu hoch aus dem Wasser ziehen, wenden und knapp unter der Wasseroberfläche kräftig abstoßen, gleiten, dann kräftig mit den Armen durchziehen und zuletzt erst mit dem Beinschlag einsetzen. Und nun fünf Bahnen, Arme gestreckt nach vorne, liegen lassen, Beine fest zusammenschlagen. Jetzt nur die Arme, Beine liegen lassen." Und so zappelten wir Kleinen, so gut es ging, durch das 20-m-Becken. Aber es machte Spaß, auch wenn die meisten Übungen nur bei den Großen klappten, wir ständig korrigiert wurden und manchmal am Ende unserer Kräfte waren.

Natürlich wurde ich langsam an das anstrengende Training herangeführt, aber doch schneller, als meinen Eltern lieb war. So kam es eines Tages zu einem ernsten Gespräch zwischen Vater und Herrn Ahrens. „Das Kind isst so schlecht, so kräftig, wie sie aussieht, ist sie nicht, sie wächst zu schnell und ist für ihr Alter zu groß. Wir machen uns Sorgen." Aber Herr Ahrens sah gerade in meiner hochgewachsenen Figur die große Chance für meine Schwimmentwicklung. „Ich werde ihr ins Gewissen reden. Wir machen ihr zur Auflage, dass sie besser isst." Ich wurde also streng ermahnt, und mir wurde angedroht, dass das Schwimmen ein Ende haben würde, wenn ich beim Essen weiterhin so mäkle. Ein bisschen hat es geholfen, aber wer isst schon gern viel von dem, was er, meistens jedenfalls, nicht mag. Ich war eben eine schlechte Esserin, wie Oma immer sagte.

Mein Training ging weiter. Ich wurde zusätzlich an manchen Tagen in die ‚Halle‘ bestellt. Herr Ahrens hätte am liebsten gesehen, wenn er mich für das Rückenkraulen hätte begeistern können. „Sie hat eine Rückenschwimmerfigur, so lang wie sie ist." Aber es klappte einfach nicht. Ich schluckte Unmengen von Wasser, ermüdete schnell, bekam nicht genügend Luft, und zusätzlich gefiel es mir überhaupt nicht, dass man immer nur die Hallendecke sah und nicht genau wusste, wohin man schwamm. Also wurde diese Disziplin enttäuscht, aber meinerseits erleichtert aufgegeben.

Richtige Wettkämpfe gab es für mich noch nicht. Ich gehörte ja noch zu den ganz Kleinen. Aber eines Tages wurde Vater wieder zu einem Gespräch gebeten. „Ich möchte Ihre Tochter in den großen Ferien zum Training mit nach Breslau nehmen. Dort finden Trainingswochen für die Olympiateilnehmer der nächsten Olympiade statt. Und dort ist man zusätzlich auf der Suche nach geeignetem Schwimmnachwuchs. Ich würde Ihre Tochter dort vorstellen, weil ich sie für sehr geeignet halte." Vater war zunächst sehr stolz, und auch ich fand dieses Abenteuer sehr aufregend. Mutter hatte Bedenken. „Denke auch an die politische Lage. Es sieht nicht gut aus. Vielleicht gibt es Krieg. Es ist alles so unsicher. Und überhaupt, wollen wir diesen Weg für Margrid? Sie ist doch noch so klein, und was wird dann aus der Schule?"

Und sie hatte Recht. Es dauerte nicht lange, und die Olympiawünsche waren für die deutschen Sportler geplatzt. Der Krieg begann und die Deutschen waren verständlicherweise nirgendwo mehr erwünscht. Bald hatten die Menschen andere Sorgen, als Sport zu treiben. Ich konnte noch einige Monate in Oberhausen trainieren, aber dann wurde ich

1940 mit der Kinderlandverschickung in den Schwarzwald gebracht. In dem Dorf gab es nicht einmal ein Freibad.

Als ich von dort zurückkam, wurden die Luftangriffe immer häufiger und es wurde zu gefährlich, sich in der Halle aufzuhalten. Das Stadtbad hatte keinen Luftschutzkeller. Herr Ahrens war auch nicht mehr da. Man erzählte sich, er habe sich abfällig über den Pomp und die Selbstdarstellung der Nazis bei der letzten Olympiade geäußert. Der Schwimmverein organisierte keine Schwimmstunden mehr. Ein Blindgänger durchschlug eine Wand und lag in den Umkleidekabinen. Das Loch wurde mit Brettern zugenagelt. Das Becken verkam, Wasser wurde nicht mehr eingelassen, das Personal des Bades wurde anderweitig ‚kriegswichtig' eingesetzt. Breslau war für alle zu einer utopischen Episode geworden. Von 1942 an war ich ohnehin nicht mehr in Oberhausen, weil die deutsche Jugend vor den „skrupellosen Bombenangriffen der Feinde" geschützt werden sollte. Im Juni 1945 kamen wir nach Oberhausen zurück. Der Krieg war zu Ende. Im Becken der Badeanstalt lag Schutt, es gab niemanden, der sich um die Heizungen und Wasserleitungen gekümmert hätte. Kohlen für die Heizung waren ohnehin nicht vorhanden. Eigentlich dachte auch keiner daran, das Schwimmtraining wieder aufzunehmen. Wir waren schwach und ausgehungert. Ich war inzwischen dreizehn Jahre und hatte ständig Hunger. Aber es gab nichts zu kaufen. Wenn Mutter uns für abends Brot versprach, sehnten wir uns den Abend herbei, schauten ständig auf die Uhr, und Mutter litt, weil sie ihren Kindern nicht genug zu essen geben konnte. Zunächst war also gar nicht an regelmäßige Schwimmstunden zu denken, so kraftlos wie wir alle waren, auch wenn das Schwimmbecken in Ordnung gewesen wäre. Wir trösteten uns bald mit dem Rhein-Herne-Kanal. Das war weniger anstrengend. 1945 war ein wunderbarer, heißer Sommer kurz nach Kriegsende. Und sooft wir konnten, tobten wir im Wasser des Kanals, immer den Kohlenschleppern ausweichend, die die Kohlen irgendwohin zu den ‚Siegern' brachten. Wir hatten viel Zeit, die Schule hatte noch nicht begonnen. Auch hier herrschte Chaos, keine Lehrer, keine Klassenräume, keine Bücher, alle Kinder hatten monatelang Ferien gehabt.

Erst im nächsten Jahr war die Badeanstalt wieder soweit hergestellt, dass das Schwimmbecken mit Wasser gefüllt werden konnte. Zögerlich sammelten sich die ehemaligen Mitglieder des Oberhausener Schwimmvereins wieder. Viele von den großen Jungen waren „im Krieg geblieben", wie es hieß. Auch Herr Ahrend kam nicht wieder. Ein neuer Trainer kümmerte sich um die „Wettkampfschwimmer". Auch die Versorgung mit Lebensmitteln verbesserte sich langsam. Nach und nach entstand wieder eine feste Gruppe, die regelmäßig übte. Ich bekam eine Freikarte und konnte die Halle so oft besuchen, wie ich wollte. Jeden Tag ging ich so mit nassen Haaren nach einem zweistündigen Training, zufrieden nach Hause, hatte zwar ständig Schnupfen, aber darum kümmerte ich mich nicht. Die Übungen suchte ich mir selbst aus, und zwar die, von denen ich glaubte, dass sie meine Leistungen verbessern würden. Da ich mich immer noch im Wasser sehr wohl fühlte, versäumte ich kaum einen Tag. Die Vereinsstunden reichten für die Wettkampfschwimmer nicht mehr aus.

Ich gehörte jetzt zu der Gruppe der Jugendlichen 14 bis 16 Jahre, also nicht mehr zu den Kindern. Manchmal schwammen wir gegen andere Vereine, z. B. gegen Altenessen. Das war ein leistungsstarker Verein, und wir waren stolz, wenn einer von uns gewonnen hatte. Besonders Helmut holte für uns viele Siege. Er war schon siebzehn und gewann fast alle 100 m Kämpfe im Brustschwimmen. Später stellte er sich auf den ‚Schmetterlings-Stil' um und wurde drei Jahre nach dem Krieg deutscher Jugendmeister. Ich überstand die Ausscheidungskämpfe im Verein, nahm an den Stadtmeisterschaften teil, wurde zu den Kreis- und später dann zu den Bezirksmeisterschaften zugelassen. Wir fuhren mit der Bahn, übernachteten in Turnhallen, froren dabei jämmerlich, ungeeignete Badeanzüge kosteten uns wertvolle Sekunden bei den Wettkämpfen. Zu schaffen machte uns auch, dass wir auf einer 20 m-Bahn trainiert hatten. In den größeren Hallen hatten sie Becken, die 25 Meter lang waren. So richtig kräftig waren wir immer noch nicht, aber es machte Spaß. Nach Hamm fuhren wir besonders gern. Nach der Austragung der Schwimmwettkämpfe spielte unsere Wasserballmannschaft gegen „Rote Erde Hamm". Leider verlor unsere Mannschaft fast immer, aber sehr deprimiert war keiner, weil „Rote Erde" sehr gut und über die Grenzen hinaus schon berühmt war. Wasserball ist ein sehr grobes Spiel. Man hält sich fest, man attackiert sich, drückt sich gegenseitig unter die Wasseroberfläche, und wenn es sein muss, reißt man auch schon einmal dem Gegner die Badehose vom Körper.

Natürlich gab es Eifersüchteleien. Gisela wurde bei den Ausscheidungskämpfen disqualifiziert, weil sie am Ziel nur mit einer Hand angeschlagen hatte. Aufgeregt lief sie zum Schiedsrichter und demonstrierte ihm, dass ihr linker Arm kürzer sei als der rechte. Als der sie auslachte, beschwerte sie sich bei unserem Trainer. Der wusste natürlich, dass ihre Arme in Ordnung waren. Sie keifte und schrie und machte ein fürchterliches Theater. Ein anderes Mal wurde Helga ein Frühstart vorgeworfen. Sie sah das allerdings anders. Der gesamte Start wurde abgebrochen, alle mussten aus dem Wasser, wieder auf die Startblöcke, und beim zweiten Startversuch passierte dasselbe. Die anderen beschwerten sich bei Helga, Mehrfachstarts kosteten Kraft, die man dringend für den Wettkampf brauchte. Helga schrie zurück, schob alles auf den Starter und wurde aus dem Rennen genommen. Auch sie machte ein fürchterliches Gezeter.

Für mich gab es einmal eine furchtbar peinliche Situation. Mutter hatte mir einen Badeanzug aus einem alten weißen Pullover von Vater genäht, sie nannte ihn ‚Sweater'. Mein alter Badeanzug hatte einen Riss auf dem Rücken gehabt und musste ausgetauscht werden. Sie hatte nicht bedacht, dass die Wolle von Vaters Pullover sich voll Wasser saugen würde, der Badeanzug wurde sofort nach dem Start schwer, und was das Schlimmste war, er wurde durchsichtig. Ich schämte mich sehr und bemühte mich, so schnell wie möglich in die Umkleidekabine zu kommen. Keiner lachte, entweder weil sie so verblüfft waren oder weil sie mich nicht noch mehr beschämen wollten. Ich habe die Zeit nicht mehr erlebt, als die Schwimmerinnen die leichten, dünnen blauen Badeanzüge gestellt bekamen, die für bessere Leistungen sorgen sollten.

Lehre in der Baustoffgroßhandlung (1950)

Die finanzielle Lage der Familie wurde immer heikler, ja geradezu verzweifelt. Vater war immer noch dem Berufsverbot unterworfen und konnte keine Arbeit finden.

Manchmal überwand er sich und fuhr zu Onkel Heini. Der war fein raus. Der Familie ging es gut. Sie waren soeben in ein Einfamilienhaus gezogen, das er für sehr wenig Geld hatte bauen können. Die staatlichen Zuschüsse für den Wohnungsbau waren immens und die Situation auf dem Kreditmarkt sehr günstig. Außerdem wusste er, wie man auch an anderen Stellen an günstige Baugelder kommen konnte. Vater fuhr für ihn einen der alten LKW's, manchmal reparierte er eine Baumaschine. Aber bei uns reichte es einfach nicht.

Mutter blickte jedes Mal besorgter in ihr leeres Portemonnaie, wenn ich sie um Geld für ein Schulbuch oder ein Schulheft bitten musste. Schulbücher gab es immer noch nicht viele in unserer Buchhandlung in der Marktstraße. Und die, die es gab, waren richtig teuer, fanden wir. Als ich sie eines Tages um Geld für einen Bleistift bat, begann sie zu weinen. „Ich habe gar nichts mehr. Du musst dich behelfen."

Langsam wuchs in mir die Erkenntnis, dass ich etwas tun musste. Meine beiden kleinen Schwestern waren zehn und dreizehn Jahre alt. Von ihnen war also keine Hilfe zu erwarten. Ich war die Älteste, immerhin war ich gerade siebzehn geworden und begann, mich wieder für die Familie verantwortlich zu fühlen, so wie damals gleich nach dem Krieg, als Vater noch nicht aus der Internierung zurückgekommen war.

So entschloss ich mich eines Tages, irgendwie Geld zu verdienen, auch wenn ich dazu die Schule jetzt im Herbst, mitten im Schuljahr, verlassen musste. Schließlich hatte ich bereits die ‚Mittlere Reife' im Sommer erreicht, mit der man auch einiges beginnen konnte. Als erste Möglichkeit, eine Stelle zu finden, fiel mir das Arbeitsamt ein. Es lag in der Nähe vom evangelischen Gemeindezentrum, ich war häufig dort vorbei gekommen. Irgendjemand würde mir dort schon weiterhelfen können. Im Flur roch es muffig nach schlechter Luft. Man sollte einmal Durchzug machen. Ich ging auf eine Tür zu und klopfte mutig an. Ein freundlicher Herr, dem die linke Hand fehlte, fragte mich nach meinen Wünschen und bot mir sogar einen Stuhl an. Seinen Arm mit der Holzhand, die zur Hälfte von seinem Ärmel bedeckt war, hatte er auf den Schreibtisch gelegt. Wahrscheinlich hatte er die Hand im Krieg als Soldat verloren und damals vielleicht noch geglaubt, er hätte sie für Volk und Vaterland geopfert. Ich war wohl hier richtig! Je mehr ich von mir erzählte, umso aufgeschlossener wurde er. „Na ja, ein passables Zeugnis nach der Untersekunda, also nach Klasse 10 des Gymnasiums." Auch die zusätzlichen Zeugnisse der Volkshochschule, wo ich Kurse in Stenografie und Schreibmaschine belegt und jeweils mit einem guten Ergebnis abgeschlossen hatte, schienen ihn zu beeindrucken. „Damit kannst Du schon etwas anfangen." Er überredete mich, nicht irgendeine Arbeit in einem Büro anzunehmen, sondern eine richtige Lehre zu machen. „Denn, Mädchen, irgendwann wirst du auf eigenen Füßen stehen und nicht mehr für deine Familie arbeiten müssen, und dann ist eine abgeschlossene Berufsausbildung wichtig. Oder willst du wie die Frauen im Alter deiner Mutter immer von jemandem abhängig sein, weil sie niemals einen richtigen Beruf erlernt haben?" Das Argument überzeugte mich, denn ich konnte mir nichts Schlimmeres vorstellen, als nicht auf eigenen Füßen stehen zu können und sogar einen Ehemann fragen zu müssen, ob er mir nicht vielleicht etwas mehr Geld für den Haushalt geben könnte. „Hinzu kommt", meinte der freundliche Herr vom Arbeitsamt, „Stellen im Büro, wie sie für dich in Frage kommen, sind sehr rar. Zu viele Frauen, deren Männer nicht aus dem Krieg zurückgekommen sind, wollen sich dort ihr Geld verdienen, eben weil sie nicht mehr von ihnen versorgt werden. Eine Lehre können sich nur so junge Leute wie du leisten."

Er zog ein Kärtchen aus seinem Karteikasten: „Und hier habe ich auch genau das Richtige für dich, eine Lehre zum Großhandelskaufmann bei einer Firma, einer guten Baustofffirma, die zu einem Konzern gehört, also etwas Seriöses. Und alles was mit Bauen zu tun hat, hat eine gesicherte Zukunft. Die Ruinen müssen wieder aufgebaut werden. Gehe einfach einmal hin, und sieh dir alles an!"

Als ich wieder auf der Straße stand, war ich eher verblüfft als erleichtert. So schnell geht so etwas, dachte ich, in einer halben Stunde kann sich mein ganzes Leben ändern. Aber dann stieg in mir eine große Freude hoch: Völlig allein hatte ich gerade mein Leben in die Hand genommen, etwas ganz Neues würde ich erleben, Schule war schön, aber das Leben draußen war auch schön! Und abenteuerlich!

Als ich durch den Grillopark nach Hause schlenderte, überlegte ich schon, was ich jetzt als Nächstes tun musste. Es würden sicher einige Schwierigkeiten zu überwinden sein. Und die nächste lag direkt vor mir: Ich musste Vater und Mutter von meinem Entschluss berichten! Und ich würde mich nicht umstimmen lassen!

Mutter brach in Tränen aus, wie so oft in letzter Zeit. „Kind, Du bist so gut in der Schule, und wir hatten uns einen besseren Lebensweg für dich gewünscht. Du solltest es einmal besser haben als wir und eine Bildung bekommen, die wir nicht haben konnten." Ich wusste, dass Mutter glücklich war, wenn ich ihr Gedichte vortrug, die wir in der Schule gelernt hatten. Nach einer Schulvorstellung im Oberhausener Stadttheater wollte sie immer genau wissen, was dort auf der Bühne passiert war. Ich war also immer gehalten, die Inhalte der Schiller'schen Dramen oder was sonst auf dem Programm stand, für sie zu Hause zusammenzufassen.

Vater sagte lange überhaupt gar nichts. Er sah mich nur bedrückt an und wandte sich dann ab. Weinte er etwa auch? Das war aus seiner Familie geworden, die er durch seine Schuld in diese Lage gebracht hatte. Dachte er so? Aber mein Entschluss stand eigentlich fest und meine Begeisterung war, vielleicht unbedacht und voreilig, kaum noch zu beeinflussen. Die zunehmende Not der Familie ließ sie schließlich zustimmen. Und ihre Zustimmung brauchte ich, ich war ja noch keine 21, also noch nicht volljährig,

Ich musste meinen ganzen Mut zusammenfassen, um den nächsten Schritt zu wagen. Überhaupt merkte ich bald, dass die nächsten Schritte nicht einfach waren. Die große erste Begeisterung hatte merklich nachgelassen und war einer Beklommenheit gewichen, die mich jedes Mal befiel, wenn wieder etwas Neues ‚gewagt' werden musste.

Ich meldete mich also im Büro der Baustofffirma. Sie war in einer alten Villa untergebracht, der man kaum noch die Beschädigungen aus dem Krieg ansah: eine kleine Treppe, ein gefliester Flur, links eine Tür mit der Aufschrift ‚Geschäftsführer', rechts zuerst eine Tür „Bestellungen, Rechnungen", und dann auf der nächsten „Buchhaltung". Ich klopfte bei „Bestellungen". Eine kleine Frau öffnete die Tür. Sie strahlte mich überraschend lieb und fröhlich an und bat mich herein. Schnell ging sie zu ihrem Schreibtisch zurück und setzte sich. Dass sie sehr stark hinkte, hatte

ich trotzdem schon bemerkt. „Ach so, eine Lehrstelle, ich wusste gar nicht, dass wir einen neuen Lehrling suchen." Ich war an der Tür stehen geblieben und bemerkte einen zweiten Schreibtisch, an dem eine junge Frau saß. Wie ich später feststellte, schrieb sie die Rechnungen, die dann anschließend von der Hinkenden kontrolliert wurden. Die Buchhaltung machte ihr Bruder im Nebenzimmer, das nur durch eine Schiebetür getrennt war, die offen stand. Er hatte ein riesengroßes Buch aufgeschlagen vor sich liegen. Später lernte ich, dass alle Einnahmen und Ausgaben in dieses Buch eingetragen wurden. „Dann gehen Sie am besten zum Herrn Geschäftsführer, unserem Chef, der ist es ja wohl, der ein neues Lehrmädchen angefordert hat."
Wie ich später feststellen sollte, begannen mit dem Eintritt in dessen Büro aufregende und nicht ganz angenehme Wochen. Er saß hinter einem großen Schreibtisch und rauchte eine unwahrscheinlich große Zigarre. Er bot mir einen Platz an, dabei sprach er in einem gemütlichen österreichischen Dialekt. Jovial lächelnd entblößte er zwei goldene Backenzähne. Er legte seine Zigarre in einen Aschenbecher, sah auf die Unterlagen, die er vor sich liegen hatte, offensichtlich die Benachrichtigung des Arbeitsamtes, und fragte mich grinsend: „Na, Fräulein Marquardt, warum wollen sie denn bei uns anfangen?" Ich fasste kurz meine Beweggründe zusammen, so wie ich es mir vorher überlegt hatte, und wurde etwas verlegen, als er mich intensiv musterte, als ich geendet hatte. „Wissen Sie, die Mädchen vom Gymnasium sind doch alle etwas verwöhnt. Da wollen wir doch erst einmal sehen, ob sie überhaupt richtig arbeiten können. In den nächsten Wochen kommen Sie am besten erst einmal einige Stunden täglich, sozusagen als Probezeit, und dann sehen wir weiter. Sie können einige Briefe für mich schreiben. Dann kann ich sehen, ob Sie wirklich können, was hier

auf Ihren Zeugnissen steht."

Mutter meinte: „Es ist vielleicht auch für dich ganz gut, wenn du erst einmal ausprobierst, ob das überhaupt etwas für dich ist. Dann kannst du ja auch noch einige Wochen zur Schule gehen." Vater sagte nichts.

Und dann erlebte ich, wie ein Chef einen zukünftigen Lehrling überprüft. ‚Wenn das die Arbeitswelt ist, gefällt sie mir doch wohl nicht so ganz,' dachte ich.

Ich wurde für fünf Uhr am Nachmittag bestellt. Eigentlich fand ich die Zeit gar nicht so schlecht, zuerst jedenfalls. Wenn ich kam, gingen gerade die anderen Angestellten. Sie musterten mich etwas skeptisch. Ich fand das beängstigend. Wollten sie mich nicht haben? Na, ich würde sehen. Ich hatte es so gewollt und musste nun durchhalten.

Als erstes diktierte er mir einen kurzen Text, ich musste ihn in Steno aufnehmen, so wie ich es in der Volkshochschule gelernt hatte. Aber ich kam gut mit. Er sprach nicht sehr schnell. Die Schreibmaschine stand auf einem kleinen Tischchen am Fenster. „Nehmen Sie eine Postkarte, es ist ja nur wenig Text." Briefpapier und Karten und Umschläge lagen in einem Fach unter der Schreibmaschine. Leider vertippte ich mich zweimal. Mit einem Radiergummi versuchte ich die Buchstaben zu korrigieren, was aber kleine blasse Flecken hinterließ. Ich legte ihm die Karte auf den Schreibtisch. „Kommen sie bitte zu mir, damit wir die Karte gemeinsam ansehen können." Merkwürdig war das schon, ich kannte ja den Text und hatte ihn bereits gelesen. Als ich neben ihm stand, legte er seinen Arm um meine Hüfte und las intensiv die Karte. Ich wagte nicht, mich zu bewegen oder sogar seinen Arm abzuschütteln. „Na ja, über die zwei kleinen Schönheitsfehler wollen wir hinwegsehen." Endlich ließ er mich los. Es war inzwischen halb sieben geworden. „Wir sehen uns dann morgen wieder um die gleiche Zeit."

In den nächsten Tagen lief meine ‚Probe' in der gleichen oder ähnlichen Weise ab, nur dass es jeden Tag etwas später wurde. Mutter sagte ich nichts von diesen Merkwürdigkeiten hinter dem Schreibtisch. Sie hätte mich vielleicht zu Hause behalten.

Eines Abends war es schon 8 Uhr geworden. „Ein junges Mädchen sollte zu dieser Tageszeit nicht allein durch die dunklen Straßen gehen. Ich bringe sie mit meinem Auto nach Hause." Jetzt fand ich ihn wieder sehr nett, so fürsorglich wie er war. Und die Nachbarn würden Augen machen. Wir fuhren mit seinem großen Borgward durch die Straßen, auf denen damals noch kaum Autos zu sehen waren. Mutter brachte gerade die Asche in den Ascheneimer und sah, wie ich aus dem Auto stieg. Mein Chef brauste sofort davon, als er sah, wie ich winkend auf Mutter zuging, sie machte ein besorgtes Gesicht. „Was soll das denn? Ein Chef bringt sein Lehrmädchen, das sogar noch auf Probe arbeitet, mit seinem Auto nach Hause!" Und dann begann sie, mich auszufragen, und ich erzählte ihr alles. Nachdem sie mir gesagt hatte, dass so nicht die übliche Probezeit für einen Lehrling aussehe und dass dieses merkwürdige Verhalten eines Chefs nicht in Ordnung sei, wurde mir klar, dass mein Gefühl der Scham berechtigt gewesen war. Aber jetzt würde ich auf der Hut sein. Allerdings würde er es sein, der mich einstellte, und das wollte ich unbedingt. Nur weil ich Mutter inständig bat, mich doch noch eine kurze Zeit weiter zu meiner ‚Lehrstelle auf Probe' gehen zu dürfen, ließ sie mich dann doch wieder am nächsten Nachmittag gehen. Sie tröstete sich damit, dass ich ja immer noch die Schule besuchte und täglich in der Baustofffirma aufhören konnte. Der Chef vereinbarte mit mir, dass ich am 1. Januar anfangen sollte, der Rest der Probezeit war noch im Dezember, und da gab es ohnehin Weihnachtsferien. Ich musste mich deshalb also schon Mitte Dezember in der Schule abmelden.

Ein schwerer Schritt, wie ich erst jetzt bemerkte. Der Schulleiter sah mich besorgt an, als ich vor seinem Schreibtisch saß. „Hast du dir das auch gut überlegt. Es gäbe sicher auch noch Mittel, wie wir dir in der Schule finanziell helfen könnten." An eine solche Möglichkeit hatte ich bisher nicht gedacht. Aber es hätte meiner Familie sicher nicht genug geholfen. Meine Klassenlehrerin war entsetzt. Sie rief mich zu einem langen, eindringlichen Gespräch ins Lehrerzimmer und versuchte, mich von meinem Entschluss abzubringen. „Warum hast du denn nichts gesagt? Mir wäre schon etwas eingefallen." Aber ich war schon zu weit gegangen, um alles wieder rückgängig zu machen. Außerdem war mein Wunsch, richtig zu arbeiten und im richtigen Leben zu stehen, bereits zu groß, so dass ich mich nicht mehr an den Gedanken gewöhnen konnte, wieder in die Schule zu gehen.

Einige Wochen später, die ‚richtige Lehre' hatte begonnen und die Arbeitszeiten wurden etwas normaler, fand eine der regelmäßig angebotenen Schülerveranstaltungen im Stadttheater statt. Auf dem Programm stand ‚Die Verschwörung des Fiesko zu Genua' von Friedrich Schiller. Meine Deutschlehrerin war so lieb gewesen, mir über meine Freundin eine Karte für die Vorstellung zukommen zu lassen, aber zugehörig fühlte ich mich nicht mehr.

Da ich inzwischen nicht mehr Schülerin des Gymnasiums war, hatte ich natürlich nicht an den schulischen Vorbereitungen teilnehmen können und verstand eigentlich nur einen Teil des Sturm-und-Drang-Stückes. Nur eines verstand ich deutlich, es ging um Freiheit, und meine eigene hatte ich schon lange nicht mehr, wenn es auch nur eine kleine Freiheit war, die ich verloren hatte, nämlich von der

Welt zu hören, Theaterstücke und Bücher kennen zu lernen, zu lesen oder einfach nur Dinge deshalb zu tun, weil sie Freude bereiteten. Ich fühle mich in eine Welt versetzt, die primitiv war und die für die von mir verlassenen Inhalte keinen Sinn hatte.

Zum Lesen kam ich kaum noch, und die Beschäftigung mit Gedichten, Fremdsprachen - und wenn es nur lateinische Vokabeln gewesen wären – blieben meinen ehemaligen Mitschülerinnen vorbehalten, die immer noch über ihre Hausaufgaben stöhnten und nicht wussten, wie gut es ihnen eigentlich ging. Sie hatten alle das Privileg, sich mit den schönen und, wie ich meinte, zum Teil überflüssigen Dingen des Lebens beschäftigen zu dürfen. Ich saß oben im Rang und bildete mir ein, dass Fiesko mich bei seinen Monologen ständig ansah. Ich war unglücklich, und meine Tränen flossen reichlich.

Im Büro quälte ich mich beim Ablegen der erledigten Schriftstücke durch die Aktenordner, schrieb Briefe und Rechnungen und war eine zeitlang die Gehilfin einer Angestellten, die die Jahresbilanz der Buchhaltungsabteilung machte, die auf Mark und Pfennig stimmen musste. Häufig rechneten wir tagelang immer wieder die Zahlenkolonnen zusammen, die unser Buchhalter dort in Soll- und Habenspalten aufgeschrieben hatte. Irgendwo auf den Riesenseiten des Hauptbuches fehlten Pfennige. Und diese Unstimmigkeiten galt es heraus zu finden.

Meine Begeisterung für das ‚richtige Leben' hatte erheblich nachgelassen. Natürlich sprach ich mit niemandem über meine Probleme. Ich wäre mir undankbar vorgekommen, und ich hörte schon, wie sie hämisch sagten; „Du hast es ja so gewollt!"

Gelegentlich rief der Chef mich auch am Tage zum Diktat. Jedes Mal betrat ich sein Zimmer mit Herzklopfen. Manchmal konnte ich mich seinen Annäherungen entziehen.

Eines Tages hatte der Chef mich wieder gebeten, länger zu bleiben. Ich sollte ihm einen privaten Brief schreiben, der für ihn sehr wichtig sei. Dass ich inzwischen offensichtlich sein besonderes Vertrauen genoss, machte mich stolz, wenn ich auch argwöhnte, dass es nicht nur meine Fähigkeiten waren, die mir dieses Privileg verschafften. Als ich in sein Zimmer kam, die Kollegen und Kolleginnen waren schon gegangen, forderte er mich auf, hinter den Schreibtisch zu kommen und mit mir ein Schriftstück anzusehen. Er sagte: „Heute hast du ja eine Tasche in deinem Rock. Was hast du denn in der Tasche?" und dabei fasste er in meine Rocktasche und streichelte über meinen Bauch. Dabei sah er mich merkwürdig lächelnd an. Sofort trat ich einen Schritt zurück und begann zu ahnen, warum ich an diesem Tag länger hatte bleiben sollen. Ich verließ das Zimmer und ging schnellen Schrittes nach Hause. „Du hast dich richtig verhalten, und in Zukunft gehst du immer mit den anderen gemeinsam aus dem Büro", sagte Mutter, nachdem die erste Aufregung abgeklungen war.

Eine Woche später, wir hatten seit einiger Zeit einen zweiten Lehrling, auch ein Mädchen, wurde ich ins Chefzimmer gerufen. Erleichtert stellte ich fest, dass sie auch anwesend war. Ein leitender Angestellter, mit dem ich noch nicht viel zu tun gehabt hatte, saß hinter dem Schreibtisch. „Die Kollegen haben wegen der ungewöhnlichen Arbeitszeiten, die der Herr Geschäftsführer von euch beiden verlangte, Verdacht geschöpft und mir ihre Bedenken mitgeteilt. Meine Nichte hat mir auf meine Nachfragen anvertraut, wie er sich ihr gegenüber verhalten hat", sagte er. Die Neue war also seine Nichte. Er sprach nur noch von Herrn P. und nannte ihn nicht mehr bei seinem vollen Namen. Ich wurde über die Vorkommnisse während meiner sogenannten

Probezeit, über die er sich besonders empörte, befragt und darüber, was in den Überstunden geschehen war. Das war sehr peinlich! Aber ich war zu erleichtert, als dass ich mich zurückgehalten hätte. „Herr P. ist entlassen und wird den Betrieb nicht wieder betreten." Verblüfft nahm ich zur Kenntnis, dass offensichtlich Herr P. sich nicht nur mir genähert hatte, sondern auch meiner Lehrlings-Kollegin. „Im Interesse des Betriebes bitte ich allerdings, dass deine Eltern keine Anzeige gegen Herrn P. erstatten. Ein schlechter Ruf würde den Geschäften sehr schaden." Er selbst war mit sofortiger Wirkung der Geschäftsführer der Firma und damit unser neuer Chef. Ich war erleichtert, aber auch beschämt. Wie würden sich meine Kollegen verhalten? Was würden sie von mir denken? Das andere Mädchen schien genau so bedrückt.

Wir wurden aufgefordert, wieder an unsere Arbeit zu gehen. Die hinkende Kollegin mit den lachenden Augen, kam auf uns zu und fasste uns um die Schultern. „Wir hätten viel eher etwas unternehmen sollen. Geahnt haben wir schon lange, dass da etwas nicht stimmte. Dann wäre das alles nicht passiert", sagte sie freundlich. „Von der Geschäftsführung hatte Herr P. auch keine Ahnung, wie wir schon früh bemerkt haben", fügte sie noch hinzu. Alle waren freundlich und keiner machte uns einen Vorwurf, jedenfalls nicht in unserem Beisein.

Vater reagierte hilflos wütend. „Dieser Schweinehund! Warum hast du mir nur nichts gesagt!" Ich hatte mich geschämt und jetzt war ich froh, dass alles vorbei war. Mutter überredete Vater, auf eine Anzeige zu verzichten, weil ich nicht weiteren Befragungen ausgesetzt sein sollte.

Wie wir später in der Firma erfuhren, handelte es sich bei Herrn P. wohl um einen Betrüger, der sich nach dem Krieg aus Österreich abgesetzt hatte, um seiner dunklen Vergan-

genheit zu entkommen. Er kam, auch wegen anderer Verge-
hen, vor Gericht und wurde bestraft.

Wir Lehrlinge hatten nun geregelte Arbeitszeiten, lernten
in verschiedenen Abteilungen normale Bürotätigkeiten einer Großhandelsfirma kennen, und man kümmerte sich um
unsere Berufsschule. Der manchmal mühselige Alltag eines
Lehrlings ging weiter. Allerdings sah ich in den folgenden
Monaten ein, dass die Arbeit nicht immer nur langweilig
war und dass sie auch Sinn machte.

Für mich dauerte diese Lehre allerdings nur bis zum Ende
des Jahres und nicht wie vorgesehen drei Jahre.

Das Ende der Lehre (1950)

„Mutter geht es schlecht." Erstaunt sah ich Vater an. Natürlich ging es ihr schlecht. Seit Jahren wurden die Rheumaschübe immer häufiger und auch heftiger. Sie lag dann mit hohem Fieber im Bett, ständig nass geschwitzt, vor Schmerzen stöhnend. Tante Ise war oft gekommen, um sie zu pflegen und unseren Haushalt zu versorgen, damit wir Kinder in die Schule gehen konnten. Tante Ise wechselte Mutters Nachthemd und kühlte ihre Waden, um das Fieber zu senken. Wenn Mutter die Arme hochheben musste, um umgezogen zu werden, schrie sie oft vor Schmerzen. Manchmal wirkte die Szene geradezu grotesk, sodass wir Kinder lachen mussten, was uns natürlich gleich wieder leid tat. All diese Schübe hatten ihr Herz geschwächt, das ohnehin nicht in Ordnung war. Sie litt an einem Herzklappenfehler, den sie sich in der Kindheit bei einer Halsentzündung zugezogen hatte. Die Ärzte damals verordneten äußerste Ruhe, keine Anstrengung, keine Teilnahme an sportlichen Übungen. Die Herzklappe wurde immer schwächer, auch weil sie nicht gefordert wurde.

Natürlich ging es ihr schlecht. Vater konnte vielleicht den ganzen Umfang nicht ermessen. Er hatte ihre Krankheiten in den letzten Jahren ja auch nicht miterlebt. „Sie muss zur Erholung."

Wie denn? Wir hatten überhaupt kein Geld! Vaters Berufsverbot war zwar seit kurzem aufgehoben, aber bisher hatte er noch keine Arbeitsmöglichkeit gefunden, von der er monatlich einen Lohn hätte bekommen können.

Schon vor zwei Jahren hatte es die Währungsreform gegeben, in der die alte Reichsmark auf D-Mark umgestellt worden war und die Schaufenster der Läden plötzlich prall gefüllt waren mit allem, was das Herz begehrte. Auch in unserem Lebensmittelgeschäft gab es wieder Brot, Butter, Wurst und Käse zu kaufen, und zwar so viel wie man wollte und nicht nur, was uns zugeteilt wurde. Den meisten Menschen ging es danach wirtschaftlich besser. Jede Person bekam 40 D-Mark für fast wertlose 40 Reichsmark, aber dieses Geld war bei uns schnell aufgebraucht, und Nachschub konnte nicht kommen, weil keiner außer mir in der Familie eine Arbeitsstelle hatte, wo der Lohn in D-Mark ausgezahlt worden wäre. Meine 25 D-Mark im Monat Lehrlingslohn halfen nicht weiter. Auch auf dem Sparkonto meiner Eltern gab es keine großen Summen mehr Die Sparguthaben waren ohnehin auf ein Zehntel abgewertet worden. Und so standen wir Kinder vor den Schaufenstern und suchten uns begehrlich die Waren aus, die wir uns später einmal kaufen würden.

Als Tante Ise von Essen zu Besuch kam, wurde beraten. Und sie hatte tatsächlich eine Idee. Warum sollte Mutter nicht auch zu Mariechen an den Sorpesee ins Sauerland fahren, so wie ich einige Monate früher. Mutter hatte dafür gesorgt, dass ich dort während meines mir zustehenden Urlaubs zwei Wochen in der schönen Landschaft des Sauerlandes verbringen konnte, damit ich mich von den Strapazen des unglücklichen Anfangs meiner Lehre erholte. Mariechen war eine Kusine von Mutter und Tante Ise. Der Kontakt war allerdings in den vergangenen Jahren nicht so lebhaft gewesen, aber wenn man ihr eine kleine Summe als Entschädigung gab, konnte man sie vielleicht überzeugen, noch einmal ein Zimmer in ihrem kleinen Häuschen zur Verfügung zu stellen.

Tante Ise setzte sich in den Zug und nach nur wenigen Wochen war es so weit. Uschi wurde zu Oma Ida nach Essen gebracht, ich blieb mit Vater zu Hause. Ich, weil ich arbeiten musste und Vater, weil er ständig auf irgendeine Möglichkeit wartete, etwas Geld verdienen zu können. Mutter sollte die inzwischen zehnjährige Karin mitnehmen. Drei Wochen waren geplant.

Und dann blieben Vater und ich schließlich allein in der Mansarde zurück. Vater räumte so gut es ging auf, in Hausarbeit war er miserabel, und ich putzte am Sonntag die Fußböden der beiden Zimmer.

Meine Kollegen in der Firma hatten mich überredet, an einer Art Kantinenessen teilzunehmen, das sie in einer Gaststätte, die dem Büro gegenüber lag, organisiert hatten und das 60 Pfennige kostete. Das riss ein großes Loch in meinen monatlichen Verdienst von 25 DM, aber es sollte ja nur für drei Wochen sein. Dann würde ich wieder zu Hause essen. Vater kochte sich kaum etwas. Gelegentlich fuhr er zu seiner Mutter nach Essen. Ursel freute sich jedes Mal, wenn er kam. Sie war Vaters Liebling. Er nannte sie Ippel und behandelte sie, als sei sie ein Junge, den er sich so sehr gewünscht hatte. Einmal war ich sonntags auch mit Vater bei Oma Ida. Es gab Rouladen mit Rotkohl und Kartoffeln, ein Festessen.

Vater ging mit mir sogar einmal in die Stadt zum Einkaufen. Es war Sommer, und ich wollte unbedingt ein Paar Sandalen haben. Eine Kollegin in der Firma trug offene Sandalen und ich fand sie wunderschön. Ich hatte von meinen 25 D-Mark Lehrlingslohn etwas zurückgelegt. Aber so viel würden sie natürlich nicht kosten. Vater saß im Schuhgeschäft Rüter neben mir, als ich einige Modelle anprobierte. Die Sandalen, für die ich mich entschied, waren wunderschön, weiches hellbraunes Leder, auf dem Fuß mit großen Löchern durchbrochen. Am schönsten war an diesem Tag aber, dass Vater sich die Zeit nahm und die Mühe machte, mit mir gemeinsam etwas zu unternehmen. Sicher, früher hatte er mich oft auf seinem Motorrad mitgenommen, wenn er zum Pütt fuhr, aber das war etwas anderes. Aber dies! Nur für mich hatte er Zeit, und er half mir beim Aussuchen. Anschließend spendierte er mir sogar noch ein Eis im ‚Eispalast' Ein schöner Tag!

Zwei Wochen später stand er schon an der Wohnungstür, als ich vom Büro nach Hause kam. Er hatte einen Brief in der Hand und lächelte mir entgegen. „Komm rein! Ich will Dir was sagen." Neugierig folgte ich ihm. Aber was sollte er mir schon sagen. Mutter würde erst in einer Woche zurückkommen, und warum lächelte er immer noch, als wir schon in unserer Küche standen? Ich stellte meine Tasche auf einen Stuhl und wartete gespannt, denn etwas Außergewöhnliches musste es schon sein. Endlich sagte er, nein, er rief es mir zu: „Ich habe eine Stelle als Fahrsteiger. Mein ehemaliger Chef hat sich für mich eingesetzt." Ich wusste, dass seit kurzer Zeit die Berufsverbote für Nazis aufgehoben waren und dass er es bei seiner ehemaligen Arbeitsstelle bereits versucht hatte. Deprimiert hatte er feststellen müssen, dass keiner in Oberhausen mehr bereit war, ihn einzustellen. Und jetzt das! Ich konnte ihm nachfühlen, dass er über dieses Angebot sehr glücklich war. Vielleicht brauchte Mutter jetzt nicht mehr so mit dem Pfennig zu rechnen, und es würde uns mit der Zeit auch wieder besser gehen, sogar eine neue Wohnung war ja möglich, mit mehr Platz, und fließendem Wasser in der Küche und einem Badezimmer und einer Toilette in der Wohnung. Ich freute mich wirklich für ihn und für uns alle.

Aber was er mir dann mitteilte, ließ meine Beine kribbeln und einen Augenblick das Atmen vergessen. „Wenn du willst, kannst du wieder in die Schule gehen." Ich brauchte einen kurzen Moment, um richtig zu verstehen, was er da sagte. Dann lief ich auf ihn zu und umarmte ihn. Vorsichtig legte er seine Arme um mich und strich mir über die Haare. „Du brauchst doch nicht zu weinen. Bitte, hör auf, freust du dich denn nicht?" Ich nickte nur und schniefte in seine Jacke. „Ich muss weinen, weil ich mich so freue. Ich kann wieder in die Schule. Ist das wirklich wahr?" „Ja, natürlich, aber nicht hier in Oberhausen. Wir ziehen um nach Kamen." Kamen kannte ich nicht. Wie ich hinterher erfuhr, war es eine kleine Stadt am Ostrand des Ruhrgebietes. „Wir ziehen um?" „Ja, sicher, ich kann ja nicht immer mit dem Zug fahren. Ein Gymnasium gibt es auch dort. Ich habe mich schon ein bisschen erkundigt." Ich konnte es immer noch nicht richtig glauben. Keine Aktenordner mehr, keine Zahlenkolonnen stundenlang zusammenrechnen, keine Briefe auf der Schreibmaschine, kein Radieren meiner unzähligen Tippfehler in den Briefen, keine Maßregeln, wenn ich einen Brief falsch frankiert hatte. Mir fiel immer noch mehr ein. Vor allem kein ständiges Kontrollieren der Uhrzeit, ob der Bürotag nicht endlich zu Ende sei.

Wir setzten uns an den Tisch und erzählten uns gegenseitig von unseren Hoffnungen auf das Leben, das nun auf uns zukam. Eine Wohnung war schon in Aussicht genommen. Vier Zimmer, Küche und Bad im Erdgeschoss und einen großen Garten hinter dem Haus, eine Zechenwohnung, die nichts kostete. Ein Mansardenzimmer gehörte auch noch dazu. Ich würde es gern für mich allein haben. „Aber eine kleine Stadt, wir müssen uns umgewöhnen." „Das macht doch nichts, ich kann wieder in die Schule gehen!" Vater machte sich eine Flasche Bier auf, und ich holte mir ein Glas Milch. Sie war etwas warm geworden, aber noch nicht sauer. Lange schwärmten wir von den Änderungen in unserem Leben. „Mutter weiß noch gar nichts. Das wird eine Überraschung! Und du wirst sehen, dann geht es ihr auch wieder besser."

Minderbelasteter und Mitläufer (1950)

Vater und ich hatten zum ersten Mal ein langes Gespräch geführt. Meistens waren wir uns scheu ausgewichen, ich, weil ich ihn nicht nach seiner jüngsten Vergangenheit fragen durfte und er, weil er beschämt und verunsichert und ohnehin nie sehr redselig gewesen war. Nun waren wir beide voller Freude über die neue Wendung in Vaters und damit auch im Leben der Familie. Er hatte eine Arbeitsstelle gefunden und würde Geld verdienen. Alles würde besser werden.

Und dann, als es schon fast dunkel geworden war, wir hatten vergessen, das Licht einzuschalten, sagte Vater plötzlich: „Es tut mir so leid." Verblüfft sah ich ihn an. „Das hättet ihr alle nicht nötig gehabt, die ganzen letzten Jahre, wenn wir nicht mitgemacht hätten bei den Nazis." Das Wort ‚Nazi' gebrauchte er zum ersten Mal, er sagte immer ‚Nationalsozialisten'. ‚Nazi' war zum Schimpfwort geworden. Es beschämte und beschuldigte ihn und erinnerte ihn an seine unverantwortliche Haltung während der NS-Zeit. „Ich weiß inzwischen, ich habe falsch gehandelt, vieles vor mir selbst verheimlicht." Er drehte sich etwas von mir weg, sodass ich sein Gesicht nicht mehr sehen konnte. Es war ohnehin schon zu dunkel dazu. „Ich habe alles geglaubt, was man mir erzählte, und was mir dabei nicht passte, habe ich vor mir selbst verschwiegen. Es wird schon nicht so schlimm werden, habe ich gedacht." Ich hörte ihm erstaunt zu. So hatte ich ihn noch nie sprechen gehört, und schon gar nicht mit mir. Er hatte zwar immer geschwiegen, wenn Tante Ise ihre unbelehrbaren Reden von sich gab, wenn wir gemeinsam Kaffee tranken oder sie in Essen besuchten.

„Ich kann das Wort ‚Nazis' nicht mehr hören. Es ist beleidigend", sagte sie oft. „Den Krieg hätten wir gewonnen, wenn Hitler nicht die verräterischen Offiziere in den Rücken gefallen wären und ihn die Heimatfront nicht verraten hätte." Wir kannten das schon. Mutter war damals gleich nach dem Krieg die erste gewesen, die versucht hatte, ihr zu widersprechen. Aber es hatte nichts genutzt. Mit leiser Stimmer fuhr Vater fort: „Manchmal hatte ich von Umerziehung im Arbeitslager gehört, aber ich dachte, wenn einer nicht arbeiten will, muss er dazu gebracht werden. Und wenn Konrad so merkwürdige Dinge von Judentransporten erzählte, dann habe ich mir vorgemacht, dass er angibt und aufschneidet. So war er ja auch." Seine Stimme war immer leiser geworden, als spräche er zu sich selbst.

„Du warst dabei, als Walter Jakobs bei unserem Besuch in seinem Keller sagte: ‚August, wir hätten es wissen müssen.' Er selbst hat vor den Judengeschäften gestanden und das Schild festgehalten, auf dem stand ‚Kauft nicht bei Juden!' Mutter hat mich damals schon gefragt. ‚Findest du das denn richtig?' Ich habe ihr nicht geantwortet, weil ich auch ein ungutes Gefühl hatte. Ein ungutes Gefühl, was für ein Ausdruck für das, was dahintersteckte."

Einen kleinen Augenblick war es ganz ruhig. Vielleicht dachte er an weitere ähnliche Vorkommnisse. Ich wagte nicht, mich auf meinem Stuhl zu bewegen. Ich spürte, dass er weiterreden wollte. Dann begann er wieder. Er wurde immer leiser, und ich musste aufpassen, dass ich alles verstand. „Konrad mit seinen Menschentransporten, zuerst von Holland und später von Frankreich in den Osten. ‚Darf ich nicht drüber reden', hat er immer gesagt, wenn einer fragte. Na ja, es war ja Krieg, hatte ich mich damals beruhigt. Ich hätte es wissen müssen! Und mit seinen Geschenken, Pelzen und Schuhen und Pralinen. So etwas konnte man auch in Frankreich damals nicht mehr kaufen! Es war wohl alles aus den Häusern von Juden, die er zum Osten transportiert hatte. Ich weiß es nicht, aber es kann kaum anders gewesen sein." Auch damals bei dem Fremdarbeiter, der Brot gestohlen hatte, ist es mir ja von dem Denunziant gesagt worden. Und in den Augen des Jungen erkannte ich Todesangst. Aber ich, ich habe mir gesagt, na ja, arbeiten müssen sie schon!"

Das Glücksgefühl und die Hoffnung, seine Familie wieder versorgen und vielleicht so in ein Leben eintreten zu können, das ihn nicht ständig an seine Vergangenheit erinnern würde, hatte ihn dazu gebracht, über seine Schuldgefühle zu sprechen. Ob er wohl mit Mutter schon jemals über dies alles gesprochen hatte? Sie hatte uns Kinder zwar immer gebeten, ihn nicht nach der Zeit zu fragen, in der er im Lager gewesen war. Auch Mutter hatte nie darüber gesprochen, jedenfalls nicht mit uns Kindern.

Immer noch war es dunkel im Zimmer. Keiner von uns dachte daran, das Licht einzuschalten. Und dann meinte ich zu hören, dass er weinte. „Ich habe gesehen, was in Wirklichkeit damals geschah. Sie haben uns gezwungen, das KZ Sachsenhausen anzusehen, in dem ich zuerst interniert war, nachdem sie mich gleich nach dem Krieg in Oberhausen verhaftet hatten. So viele Tote und die Lebenden nur noch Schatten." Wieder schwieg er, dieses Mal sehr lange. „Sie haben uns verprügelt, hungern lassen, im Winter waren wir ohne Unterkunft und haben gefroren. Sie haben mir gezeigt, wie die Nazis die Menschen haben leiden lassen." Er hatte ein Taschentuch aus seiner Jackentasche gezogen. „In La Rochelle haben sie mir die Zähne ausgeschlagen. Gehungert und gefroren haben wir in allen Lagern. Viele der Internierten waren krank, auch ich, und einige starben. Aber sie haben uns nicht gezielt umgebracht, so wie das die

Nazis mit so vielen Häftlingen gemacht haben." Er konnte nicht mehr weitersprechen. Nie hatte ich ihn darüber sprechen hören, was in der Zeit von April 1945 bis Juli 1946 geschehen war.

Ich wusste, dass er im Juli 1946 aus einem Internierungslager entlassen worden war. Zuletzt war er in La Rochelle in Frankreich gewesen. Ich wusste auch, dass Mutter kurz vor seiner Entlassung einen Brief von ihm über das Deutsche Rote Kreuz erhalten hatte. Es war das erste Lebenszeichen von ihm. Mutter hatte immer daran geglaubt, dass er noch lebte. Der Brief hatte ihre Annahme bestätigt und ihr Mut gemacht. Wir hatten Vater bei seiner Ankunft in Oberhausen gesehen, ohne Zähne, aufgedunsen, ein gealterter, gebrochener Mann.

Er begann, hemmungslos zu weinen.

Ich weiß nicht, ob es richtig war. Aber ich hielt es nicht mehr aus. Ich legte meine Hand auf seinen Rücken, blieb kurze Zeit so stehen, nahm meine Jacke und lief die Treppe hinunter auf die Straße und weiter in den Grillopark. Dort setzte ich mich auf eine Bank. Ich hätte meinem Vater nicht weiter zuhören können.

Da saß ich nun, im Park, allein, im Dunkeln.

Eben hatte ich mich noch so gefreut. Ich konnte wieder zur Schule! Ich war völlig durcheinander. Was war mit Vater? Ich hatte ihn noch nie so weinen sehen. Ob Vater außer mir noch jemandem von den entsetzlichen Erlebnissen in den Internierungslagern von Sachsenhausen und La Rochelle erzählt hatte? Ich wusste nur wenig. Sicher, Andeutungen waren immer mal wieder in irgendwelchen Gesprächen gemacht worden. Aber auch in der Schule wurde nie über die Vergangenheit gesprochen. Im Fach Geschichte, wenn wir es überhaupt auf dem Stundenplan hatten, waren die Kaiser des Mittelalters das ewige Thema, oder vielleicht noch die Römer, später dann Bismarck und die Reichsgründung. Der erste Weltkrieg und die Weimarer Republik kamen in unserem Unterricht nicht vor, und schon gar nicht die Zeit der Nazis. Was war mit unseren Lehrern? Wollten sie sich nicht mehr erinnern oder vielleicht sogar alles vergessen? Schämten sie sich, weil sie sich nicht gewehrt hatten? Oder wussten sie tatsächlich nichts über die letzten zwölf Jahre, von denen sie uns hätten erzählen können. Sie haben die Zeit doch miterlebt.

Aber das mit den Toten im Lager, die Vater gesehen hatte? Auch im Radio hörte ich eigentlich wenig über solche Gräueltaten. Vielleicht lag das daran, dass mich am Programm des Radios mehr die amerikanische Tanzmusik und die neuen Schlager interessierten. Tante Ise hatte oft genug abgestritten, was man so hörte. „Es gab Arbeitslager, das wusste jeder, schon während des Krieges. Aber Zuchthäuser gab es doch auch. Da mussten die Leute auch arbeiten. Alles nur Gerede der Engländer und Amerikaner, die die Deutschen schlecht machen wollen, weil sie die Sieger sind", sagte Tante Ise. So wie Vater es jetzt erzählt hatte, so hatte ich es noch nie in den Gesprächen der Erwachsenen gehört. Und wenn sie es gewusst hätten? Ich selbst hatte Mutter oft fragen hören: „Junge, findest du das denn richtig?" Zum Beispiel 1938, als ich mit Mutter gesehen hatte, wie sie Möbel durch die Scheiben der geschlossenen Fenster eines großen Hauses auf die Straße geworfen und geschrien hatten: "Juda, verrecke!" Dass damals etwas passiert war, was nicht in Ordnung war, hatte ich auch gemerkt, als Vater und Mutter so bedrückt waren und nicht weiter darüber sprechen wollten. Warum haben sie dann nichts gemacht? Eigentlich hätte mich auch damals zum Nachdenken bringen müssen, als ich miterlebte, wie in Vaters Büro auf der Zeche ein Zwangsarbeiter darum bettelte, nicht ins „Arbeitslager" geschickt zu werden und offensichtlich Todesangst hatte. Aber Vater sprach darüber nicht weiter, und so dachte ich, das wird schon so richtig sein.

Hätte ich mich damals auch schuldig gemacht, wenn ich schon erwachsen gewesen wäre? Ich bin jedenfalls froh, dass ich noch ein Kind war und mich nicht dafür oder dagegen entscheiden musste oder einfach nur alles hätte geschehen lassen. Mitgemacht hatte ich eigentlich auch, als ich elf und zwölf Jahre alt war, bei den Jungmädeln mit Uniform und Hakenkreuzabzeichen und Fahnenweihe „Unser Führer Adolf Hitler, Sieg Heil" und Hitlers Geburtstag und Lieder gesungen „SA marschiert in ruhig festem Schritt" und hatte mir nichts dabei gedacht. Aber wie sollte ich auch? Ich wusste ja nichts von den Gräueltaten. Aber genau das sagten die Erwachsenen auch später.

Ich habe Hitler verehrt, er war der, der für alles eine Lösung haben würde und der nicht zu verantworten hatte, wenn die Engländer die Städte zerbombten. Tante Ise nannte das „Terrorangriffe" auf die deutschen Städte. In einem Tagebucheintrag aus dem Jahr 1942 hatte ich auch diesen Begriff benutzt. Es waren die Feinde Deutschlands, die an allem Schuld waren. So jedenfalls hatte es sich bei den ‚Heimabenden' an den Mittwochnachmittagen bei den ‚Jungmädeln' angehört. Dabei wusste eigentlich jeder, dass Hitler 1939 in Polen eingefallen war und nicht die Engländer, und dass damit der zweite Weltkrieg begonnen und fast die ganze Welt einbezogen hatte mit Zerstörungen, Hunger und Elend und Millionen von Toten. Und zu Hause? Entweder wurde darüber nicht gesprochen, oder man wiegelte ab, wenn wir Kinder unangenehme Fragen stellten.

Mein Vater war gleich nach der Besetzung durch die Engländer im Oberhausener Gefängnis festgesetzt worden, wie man uns berichtet hatte, als wir aus der Evakuierung aus

Northeim zurückgekommen waren, dann aber verschwunden, keiner wusste wohin. Die meisten hielten ihn für tot. Und dann war er mehr als ein Jahr später doch zurückgekommen.

Ohne ein Wort der Klage zog er in die Mansardenwohnung ein, äußerte sich nicht zu den Gründen für diesen Umzug, beklagte sich nur manchmal bitter über einige seiner ehemaligen Parteigenossen, die sich hinüber gerettet hatten und nun skrupellos auf dem Schwarzmarkt die Lage der Bevölkerung ausnutzten. Sie waren von den Spruchkammern, die ihre Nazivergangenheit untersuchen sollten, freigesprochen worden, weil sie Beziehungen hatten und falsche Zeugen. Mit ihren ‚Persilscheinen‘, wie man die Ausweise ihrer Unbedenklichkeit nannte, konnten sie ein normales Leben führen, als seien sie nicht als Nazis verstrickt gewesen.

Die Alliierten hatten meinen Vater bei der sogenannten Entnazifizierung in die Kategorie ‚3‘ von fünf insgesamt eingestuft. Das waren die sogenannten ‚Minderbelasteten‘. Später kam er in die Guppe ‚4‘, die ‚Mitläufer‘, sein Berufsverbot wurde aufgehoben. In der Gruppe ‚1‘ befanden sich die ‚Hauptschuldigen‘, in der Gruppe 2 die ‚Belasteten Aktivisten‘. ‚Minder belastet‘ hörte sich so harmlos an. Ich hätte meinen Vater eher sofort bei den ‚Mitläufern‘ eingestuft. Er hatte alles mitgemacht, obwohl ihm offensichtlich manchmal Zweifel gekommen waren. Er hatte sich selbst betrogen und auch nicht den Mut gehabt, anders zu denken, und schon gar nicht, etwas dagegen zu unternehmen.

Die Mitläufer, Millionen von Deutschen! Weil sie alles geschehen ließen und mitgelaufen sind, haben sie das „Dritte Reich" und dessen Hitler erst möglich gemacht. „So schlimm wird es schon nicht sein. Und Hitler hat doch die Autobahnen gebaut und die Arbeitslosigkeit abgeschafft", sagten sie, was natürlich nicht ganz stimmte. Damit war schon begonnen worden, bevor Hitler 1933 ‚an die Macht‘ kam. Aber das wussten die Mitläufer wohl nicht oder wollten es nicht wissen. Sie machten sich etwas vor: „Der Führer wird uns in eine bessere Zukunft führen, er wird das Dritte Reich gestalten, ein Reich aus dem Geist der Rassenlehre, in dem die Nationalsozialisten die neue Ordnung errichten, weil sie zu Herrenmenschen geboren sind." Und solche Sprüche fanden die Mitläufer gut, da konnte man sich doch gleich besser fühlen.

Mein Vater war zum ‚minder belasteten‘ Mitläufer geworden, er informierte sich nicht, er fragte nur selten nach. Manches, was ihm begegnete, verurteilte er zwar, aber gleichzeitig schob er Missstände vor, von schlechten Menschen verursacht, und entschuldigte entsprechende Erkenntnisse immer wieder mit „Hitler weiß sicherlich nichts davon und wird diese Menschen in ihre Schranken weisen". Er musste aber im Laufe der zwölf Jahre auf die Fragen seiner Frau, meiner Mutter „findest Du das denn richtig?" immer häufiger die Antwort geben „ich weiß es auch nicht".

Und was bedeutete dann minder belastet? Vielleicht, dass er nicht selbst beteiligt war an Spitzeleien, Verhaftungen, antijüdischem Geschrei und KZ's? Aber geduldet hat er es, oder vielleicht doch nicht gewusst? Jedenfalls hat er Hitler und das „Dritte Reich" geschehen lassen, das wiegt schwer genug.

Und so saß meine Mutter mit ihren drei Kindern zwischen 5 und 13 Jahren in den Mansardenzimmern unserer ehemaligen Wohnung, ohne fließendes Wasser, ohne Toilette, ohne Fenster, nur kleine Dachluken spendeten ein wenig Licht, gedemütigt von den Nachfolgern in unserer ehemaligen Wohnung, gedemütigt von den Verwaltungsstellen des ehemaligen Arbeitgebers meines Vaters, der Zeche Concordia. Die Familie büßte für die Verblendung meines

Vaters und vielleicht auch meiner Mutter? Schließlich war sie eine erwachsene Frau, die Verstand hatte und auch oft genug ihre Zweifel ausdrückte an dem, was man so hörte. Was ihren Ehemann betraf, hatte sie sich jedenfalls nicht emanzipiert. Erst später in den Jahren der Evakuierung und der entbehrungsreichen Zeit nach dem Krieg merkte sie, dass sie auch ohne ihren Mann die Familie durchbringen konnte. Sie war meinem Vater bedingungslos ergeben gewesen. Sie machte sich zwar ihre eigenen Gedanken, aber das reichte wohl nicht, um sich gegen ihren Mann und die allgemein bei unseren Bekannten und Verwandten verbreiteten Nazimeinungen durchzusetzen, zumal sich die wirtschaftlichen Bedingungen der Familie in den Vorkriegsjahren durch die berufliche Entwicklung meines Vaters verbessert hatten. Sie war stolz auf ihn, und er wird schon wissen, was richtig ist. Auch sie war mitgelaufen.

Als ich aus dem Grillopark zurückkam, war Vater nicht in der Wohnung. In den nächsten Tagen gingen wir uns aus dem Weg. Vater hat nie wieder so offen über die Vergangenheit gesprochen.

Schule in Kamen (1950)

Im Oktober begannen wir, unsere Sachen für den Umzug vorzubereiten. Wir packten sie in Wäschekörbe, Persilkartons, die wir uns bei Dehorn, unserem „Kolonialwarenhändler", geholt hatten und in eine alte Holzkiste aus dem Keller. Da wir kein Geld hatten, konnten wir keine Umzugsfirma bestellen, die uns alles proper eingepackt und in Kamen ordentlich und nach Zimmern sortiert wieder ausgepackt hätte. Onkel Heini brachte einen Teil der Möbel mit einem Lastwagen von Oberhausen nach Kamen. Viel hatten wir ja nicht.

Margrid und Ursel

Die beiden gelben „Schleiflack"-Küchenschränke, wie Mutter sie immer nannte, waren noch erhalten geblieben, obwohl einer von ihnen einmal im Krieg bei einem Bombenangriff durch die Luft geflogen war und danach auf dem

Kopf gestanden hatte.

Das Mahagoni-Schlafzimmer, auf das Mutter immer so stolz gewesen war, hatten wir inzwischen von den Engländern zurückbekommen. Man hatte es freundlich aber bestimmt beim Einmarsch der Engländer aus unserer Wohnung geholt. Da die Offiziere zum Teil ihre Angehörigen nach Deutschland nachkommen ließen, brauchten sie Möbel, um eine Bleibe für ihre Familien vorzubereiten, und wir als Nazi-Familie waren die ersten, denen man Brauchbares aus der Wohnung holte. Bei der Rückgabe war Mutter entzückt gewesen über die Veränderungen, die die englische Familie an den Schränken vorgenommen hatte, aber sie mokierte sich gleichzeitig über die spleenigen Ideen. Man hatte elektrische Beleuchtungen in den Schrank gelegt, das sich einschaltete, wenn man die Türen öffnete.

Den Wohnzimmertisch besaßen wir auch noch. Er wurde in Kamen in einen Raum gestellt, der dann das Esszimmer genannt wurde, obwohl wir fast immer in der Küche aßen. Vater ließ sich später noch einen Schreibtisch von der Zeche dazustellen.

Wir erhielten im Parterre eines zweistöckigen Hauses eine „Zechenwohnung", die uns kostenlos zur Verfügung gestellt wurde, wie es damals üblich war. Da sie kein Badezimmer besaß, wurde kurzerhand ein Teil von dem Zimmer, in dem wir drei Mädchen schliefen, mit einer Bretterwand abgetrennt und eine Badewanne und ein Badeofen, der mit Kohlen zu heizen war, hineingestellt. Die Toilette befand sich im äußeren Hausflur. Die Küche war groß und alle Zimmer hell und sonnig, eine Wohltat nach den fensterlosen Mansarden in Oberhausen. Es gehörte sogar ein Garten zu der Wohnung. Wir richteten uns so gut es ging ein, und Vater lachte manchmal wieder.

Bei der Anmeldung im Kamener „Neusprachlichen Gymnasium" saßen wir drei Mädchen und Mutter einem älteren Herrn gegenüber, der ständig hüstelte. Später erfuhr ich, dass er deshalb ‚Pömm' genannt wurde. Er sprach etwas anders, als wir es von Oberhausen gewohnt waren. So sagte er neben anderen Merkwürdigkeiten nicht „Balkong" oder „Betong", sondern sprach das Wort aus, wie es geschrieben wurde. Mutter erklärte uns, dass wir in Oberhausen etwas näher an Frankreich wohnten und vielleicht daher die Sprache durch das Französische beeinflusst war. Das war natürlich eine sehr vage Interpretation. Sie wollte nicht, dass wir uns über den Direktor der Schule lustig machten. Dann ging es um unsere Zuweisung zu unseren entsprechenden Klassenstufen. Bei Uschi und Karin war das einfach. Aber ich hatte ein ganzes Jahr ausgesetzt, und nach der Überprüfung meines Entlassungszeugnisses des Mädchengymnasiums meinte er, man könne es doch mit der entsprechenden Klassenstufe versuchen, obwohl ich nach der Vorschrift eigentlich zurückversetzt werden müsse. Das war für mich sehr heikel, denn es stellte sich heraus, dass mir noch zwei Jahre Latein für den Anschluss fehlten. Dafür hatte ich in Französisch einen Vorsprung von einem Jahr. Mutter musste zusagen, dass ich Nachhilfe bekam und „Pömm" nannte uns auch gleich einen Schüler aus der oberen Klasse, der dafür geeignet sei.

Und so begann für mich nach einem Jahr unbefriedigender Lehre wieder die Schule. Als ich in meine Klasse geführt wurde, stellte sich heraus, dass ich das dritte Mädchen in einer Jungenklasse sein würde. „Fünfzehn Jungen, drei Mädchen", berichtete der Schulleiter auf dem Weg durch die Flure. In diesem Gebäude roch es anders als im Lyzeum in Oberhausen. Aber dann erkannte ich den Geruch, es roch überhaupt nicht nach Schutt, sondern nur nach alten Leberwurstbroten und Bohnerwachs, wie in allen Schulen, die ich bis jetzt erlebt hatte. So viele Jungen, mit denen ich es zu tun haben würde! Deshalb betrat ich etwas ängstlich den Klassenraum, ohne mir etwas anmerken zu lassen. Da es nur Zweiertische gab, saß ich neben einem Jungen, was mir die Situation noch schwieriger machte.

Zunächst beäugte man mich neugierig, aber schon in der nächsten Pause war die unsichere Distanz auf beiden Seiten verschwunden. Die Mitschüler nahmen mich interessiert und herzlich auf. Sie fragten mich ungeniert nach meiner Familie, nach meiner ehemaligen Schule und nach dem Grund unseres Umzuges. „Mein Vater wurde versetzt," sagte ich nur. Ich wollte ihnen nicht gleich vermitteln, dass mein Vater bis zu diesem Zeitpunkt wegen seiner Nazivergangenheit arbeitslos gewesen war. Dass er auf der Zeche Monopol arbeitete, war fast selbstverständlich für sie. Monopol war Kamen; Schering, die Kokerei und Zeche Grimberg waren Bergkamen. Später sagten sie mir, dass sie ein wenig irritiert waren von meiner Kleidung. Ich trug eine lange Cordhose. Mädchen mit langen Hosen waren in Kamen noch nicht üblich, jedenfalls bei Eltern und Lehrern nur ungern gesehen. Sie folgerten, ein Mädchen, das keinen Rock trug, war wahrscheinlich ein aufmüpfiges Mädchen, das sich aus Kleiderordnungen nichts machte, das verschaffte mir Respekt.

Schon in der ersten Stunde lernte ich unseren Klassenlehrer kennen. Er gab Englisch und Französisch und war beeindruckt von meinen fortgeschrittenen Französischkenntnissen. Ich musste immer wieder vorlesen, weil ich nach seiner Meinung dem französischen Klang sehr nahe kam. In Englisch lasen sie gerade den Hamlet in verteilten Rollen. Mir wurde sofort die Ofelia zugeteilt, was mir aber kein besonderes Lob einbrachte. In einer Klasse mit nur drei Mädchen waren wir für alle weiblichen Rollen der gesamten Dramenliteratur in allen unterrichteten Sprachen zuständig, was manchmal etwas lästig wurde. Der „Chef", wie er genannt wurde, war immer sehr korrekt gekleidet, immer ragte ein passendes kleines Tuch, ein sogenanntes Strunztuch, aus seiner Brusttasche, mit dem er sich oft das Gesicht abtupfte. Seine Körperhaltung erinnerte mich an die Darstellung von Lehrern in alten Filmen, das Kinn etwas vorgestreckt, die Arme angewinkelt und der Rücken aufrecht. Seine Bewegungen wirkten geziert.

Ganz anders der Mathe- und Physiklehrer. Er war oft etwas nachlässig gekleidet. Manchmal hatte er sogar seinen Hosenstall offen, was uns Mädchen sehr peinlich war und worüber die Jungen ihre Witze machten. Er lief aufgeregt, den Zeigestock schwenkend, vor uns hin und her. An seinem Lehrertisch vorne zeigte er Experimente, die nach seiner Meinung bahnbrechend waren. Aufgeregt pflegte er um seinen Tisch herumzulaufen, wenn Versuche zunächst nicht klappten. Inzwischen hatten wir Schüler Zeit, unsere restlichen Hausaufgaben zu erledigen. Wenn es dann aber so weit war, sprühte ein blaues Licht von einer Kathode zur anderen. Das war die Braun'sche Röhre. Ich hatte keine Ahnung, was dieser blaue Lichtzauber zu bedeuten hatte und was uns damit gezeigt werden sollte, auch wenn er dozierte, dass das die bahnbrechende Erfindung auf dem Gebiet der Funktechnik sein sollte und dass dieser Herr Braun dafür 1907 den Nobelpreis erhalten hatte. Vielleicht lag mein Unverständnis auch daran, dass in Oberhausen für das Fach Physik kein Lehrer vorhanden gewesen war. Noch Jahre nach dem Krieg gab es wenig Lehrer, weil viele im Krieg gefallen und Frauen in den Naturwissenschaften wenig zu finden waren. Auch Chemie hatten wir in Oberhausen nicht als Fach gehabt. Deshalb blieb es mir unverständlich, wenn er im Chemie-Unterricht mit dem Zeigestock auf das Schaubild einer großen Tabelle der Elemente deutete, um uns zu erklären, was auf der Kokerei mit Hilfe bestimmter dargestellter Elemente geschieht, wenn Kohle zu Koks verarbeitet wird. Im mündlichen Matheabitur prüfte er mich in ,sphärischer' Trigonometrie. Ich machte einen guten Eindruck, weil ich genau dies, was er wissen wollte, zuvor mit meinem Nachhilfelehrer, der später mein Mann werden sollte, besprochen hatte.

Die Deutschlehrerin war blond, hatte eine Hasenscharte und wohnte mit einer Kollegin zusammen, die das Fach Religion unterrichtete. Sie war, ebenso wie Fräulein Dr. Schütz in Oberhausen, von der Literatur begeistert. Wenn sie den Osterspaziergang vortrug, wogte ihr Busen heftig, was einen Mitschüler so beeindruckte, dass er ihn noch nach vielen Jahren bei Klassentreffen in ihrer typisch näselnden Art deklamierte und dabei versuchte, seinen „Busen" heftig wogen zu lassen. Der Monolog von Fausts Gretchen rührte sie zu Tränen. Grinste einer von uns zu auffällig oder hörte man vielleicht sogar ein Kichern wegen ihrer Ergriffenheit, brach sie abrupt ab, legte ihr Buch an die Seite und strafte uns mit dem Satz: "Die Stimmung ist vorbei." Die folgende versteckte Heiterkeit der Schüler, die wir uns natürlich nicht anmerken lassen durften, kannte keine Grenzen, zumal sie diesen Satz immer in beleidigtem Tonfall und mit einer gewissen Endgültigkeit in die Klasse schleuderte. Etwas mehr natürliche Sachlichkeit im Vortrag und bei der Interpretation hätte sicher dieser ,der deutschen Literatur unwürdigen' Klasse einen ernsthafteren Zugang vermittelt, zumal sich einige von uns einer literarischen Arbeitsgemeinschaft bei einem ihrer Kollegen angeschlossen hatten.

Im mündlichen Abitur verpasste sie mir das Thema „Frauengestalten in der deutschen Dichtung". Da nichts weiter vorgegeben wurde, machte ich einen lockeren Streifzug durch die deutsche Literatur und erzählte munter von den Frauen in den Dramen, die ich gelesen hatte. Ich muss mich damals wohl frauenemanzipatorisch gegeben haben. Ob sie auch für das Aufsatzthema „Goethe, Was ist köstlicher als das Licht – das Gespräch" verantwortlich war, ist nicht bekannt. Wir fanden es alle sehr ‚ausgefallen'.

Auf Klassenfahrten, die wir neben dem Schulbetrieb und meistens mit dem Fahrrad unternahmen, lernte ich die Wasserschlösser Nordhausen und Westerwinkel in der Umgebung kennen. Ich genoss die Entdeckungsfahrten in meiner neuen ‚Heimat'. Kamen war ein Städtchen, das nicht so von Industrie geprägt war, wie ich es von Oberhausen kannte. Beschaulicher, sauberer, mit viel Landschaft in der näheren Umgebung. Es gab ein Eiscafé, ein Kino, ein Freibad. Ein Theater gab es nicht, auch kein Hallenbad, keine Marktstraße wie in Oberhausen, in der sich Geschäft an Geschäft reihte. Zu Anfang gab es noch eine Straßenbahn, die die Städte Bergkamen, Kamen und Unna verband. Sie ratterte durch die enge Weststraße, vorbei an Häusern, die vor nicht so langer Zeit noch Bauernhäuser mit Einfahrtstoren waren. In der Stadt lohnte sich eine Fahrt kaum. Zu Fuß war alles gut zu erreichen, und das kostete kein Geld.

In einer Arbeitsgemeinschaft lasen wir aus den ganz neu auf dem Markt befindlichen Taschenbüchern vor, die so billig waren, dass wir sie uns vom Taschengeld kaufen konnten. Zu den ersten Ausgaben bei Rowohlt gehörte Hemingways „Fiesta". Überhaupt war Hemingway eine der großen Entdeckungen unseres AG-Leiters. Nach und nach erschienen die Bücher internationaler Autoren auf dem deutschen Buchmarkt. Sie waren während der Nazizeit der ideologischen Zensur zum Opfer gefallen und verboten worden. Der AG-Leiter musste feststellen, dass die Weltliteratur von mindestens zwölf Jahren an seiner Generation vorbeigegangen war und dass diese Bücher auch jetzt nur sehr zögerlich in den Buchhandlungen zu bekommen waren. Während seines Studiums in den zwanziger Jahren hatte er deutsche Autoren und deren Buchtitel kennengelernt, die nach der Bücherverbrennung 1933 durch die Nazis im Exil hatten leben müssen, und wir Schüler stellten erstaunt fest, dass von diesen Autoren kein Buch in unseren Regalen zu Hause zu finden war, und auch nicht in der Bücherei der Schule. Es gab sie einfach nicht mehr. Ich wusste, dass meine Eltern Mitglieder in einer Buchgemeinschaft gewesen waren, deren regelmäßig gelieferte Bücher zum Teil gerettet jetzt in einem kleinen Regal im Wohnzimmer standen. Es waren neben einigen Unterhaltungsromanen die Klassiker Goethe, Schiller und Shakespeare. Allerdings fand ich auch die Buddenbrooks von Thomas Mann und ‚Das Leben meiner Mutter' von Oskar Maria Graf. Diese Romane waren wohl nicht als ‚undeutsch' eingestuft worden, obwohl Mann und Graf auch Deutschland hatten verlassen müssen.

Jeder der Schüler aus dieser Arbeitsgemeinschaft übernahm die Vorstellung eines dieser ‚neuen' Bücher, die wir so darstellten, wie wir es verstanden. Ich hatte mir den Roman ‚Fiesta' von Hemingway ausgewählt, es kostete nur eine Mark und fünfzig Pfennige und hatte die Nummer fünf der rororo Taschenbuchreihe. Ein Mitschüler stellte Hesses ‚Narziß und Goldmund' vor. Das Sammeln dieser Reihe mit den bunten Buchdeckeln und der Werbung zwischen den Seiten wurde für einige eine Leidenschaft, bis auch andere Buchverlage in die Herausgabe von Taschenbüchern einstiegen und man die Übersicht verlor.

Auf diese Weise erschloss sich uns eine neue Welt der Literatur.

Im Laufe der nächsten Zeit löste ich mich von den Gewohnheiten einer Mädchenschule und fühlte mich immer wohler im Kreise dieser unkomplizierten und kumpelhaften Mitschüler. Ich lernte ganz neue Formen des Klassenlebens kennen. So trafen wir uns regelmäßig in einer Kneipe, die etwas außerhalb der Stadt lag. Dort beschwerte man sich laut und unbekümmert, auf einem hölzernen Garderobenständer stehend, in bissigen Reden über unangemessen erscheinende Unterrichtsinhalte, Fehlverhalten von Lehrern im Umgang mit Schülern, vermeintliche furchtbare Ungerechtigkeiten bei der Vergabe von Zensuren, mokierte sich über echte oder vermeintliche Macken von Mitschülern und parodierte besonders gern und ungeniert das Verhalten von Lehrern. Wir kamen uns sehr erwachsen vor, wenn wir uns ein oder vielleicht auch zwei Bier bestellten, und da wir wenig Alkohol vertrugen, wurde die Stimmung regelmäßig sehr ausgelassen, sodass wir später singend und grölend durch die Felder wieder der Stadt zuzogen.

Einige trafen sich gelegentlich reihum in den verschiedenen Elternhäusern. Oft waren wir bei uns zu Hause. Mutter ermutigte mich, die neuen Freunde einzuladen. Sie freute sich über meine offensichtlich neu gewonnene Unbekümmertheit, tischte uns Bratkartoffeln mit Spiegelei und Salat auf, was uns wie ein Festessen erschien.

Wir diskutierten dabei die uns interessant erscheinenden Tagesfragen. Das waren zum Beispiel die nicht tolerierbaren Aussagen eines Lehrers, die er über die Engländer von sich gegeben hatte. Irgendwie waren wir inzwischen darüber aufgeklärt worden, dass die Engländer nicht allein die Bösen waren, die den Deutschen im 19. Jahrhundert den großen Kolonialkuchen in Afrika weggeschnappt und die Buren so brutal bekämpft hatten und eigentlich die ganze Welt in ihrer eigenen Atlasfarbe ‚rot' gesehen hätten, so wie wir es im Krieg im Geschichtsunterricht und an den Heimabenden bei der Hitlerjugend immer wieder gehört hatten.

Wir stellten fest, dass dieser Lehrer immer noch nicht die entsprechende Distanz gewonnen hatte und im Unterricht zu oft in die nationalistischen Denkweisen zurückfiel und die alten Vokabeln wie zum Beispiel „das Versailler Schanddiktat", „Herrenrasse" und „Judenkapitalismus" benutzte. War er sogar vielleicht ein übriggebliebener Nazi? Das passte uns nicht.

Allerdings haben wir uns in unseren Diskussionen wenig mit politischen Tagesthemen befasst. Wir wussten zu wenig und wollten auch nicht viel wissen, waren wir doch bis vor wenigen Jahren mit sogenannten politischen Sachverhalten vollgestopft worden, die sich alle als Betrug herausgestellt hatten. Unser Misstrauen hatte sich in Gleichgültigkeit verwandelt. Demokratie und ihre Mechanismen hatten wir bis dahin in der Praxis kaum kennengelernt. Allerdings hätten wir Gelegenheiten zur Information genug gehabt. In den Wohnzimmern unserer Eltern standen inzwischen Rundfunkgeräte, bei denen mit Hilfe eines grünen sogenannten magischen Auges verschiedene Sender genau eingestellt werden konnten. Das war in unserer Familie mit dem Vorgängerradio, dem „Volksempfänger", nicht möglich gewesen. Dass inzwischen ein Parlament, der Bundestag, gewählt worden war, wussten wir zwar, aber es interessierte uns eigentlich nur am Rande, konnten wir doch vorläufig ohnehin nicht wählen. Das Wahlalter lag bei einundzwanzig Jahren. An die Diskussion, in welcher Stadt er tagen sollte, kann ich mich aber noch erinnern. Dass es dann Bonn und nicht die große Stadt Frankfurt geworden war, erstaunte doch ein wenig.

Einmal wurde ich von der Schule zu einer Schülerfortbildung geschickt, die Mitspracherechte für die Schüler erarbeiten sollte. Natürlich war ich begeistert von den Möglichkeiten, die Schüler vielleicht haben könnten, aber am Ende mündete die Begeisterung kleinlaut in ein Referat, das ich vor der Oberstufe und den entsprechenden Lehrkräften halten musste, in dem ich meine neu gewonnenen Kenntnisse darstellen sollte. Das Referat trug entsprechend dem Thema des Seminars bezeichnenderweise die Überschrift ‚Schülermitverwaltung'. Niemandem, besonders nicht den Schülern, konnten die Vorschläge, die ich mitgebracht hatte, als echte neue Möglichkeiten erscheinen. Von einem Recht auf wirkliche Mitsprache oder sogar Teilnahme an Konferenzen und wichtigen Entscheidungen war nicht die Rede. ‚Verwalten', so hieß es verwundert, das machte doch schon die tüchtige Sekretärin im Vorzimmer des Schulleiters.

Krankheit (1951)

Wir begannen ein normales Leben zu führen. Im Garten hinter dem Haus stand eine hohe Schaukel, auf der wir Mädchen gerne schaukelten, Mutter pflückte im Sommer Johannisbeeren, und Vater schickte Herrn Paulsen vom Pütt, der den Garten pflegen und umgraben sollte. Ein Gärtner gehörte, ebenso wie eine von der Zeche finanzierte Werkswohnung, zum sogenannten „Deputat". Arbeitskräfte konnten leitende Angestellte beanspruchen, und als Fahrsteiger gehörte Vater zu dieser privilegierten Gruppe. Unser Herr Paulsen, den wir alle schätzten, half, wo er konnte.

Wir drei Mädchen gingen jeden Morgen zur Schule, unser Gehweg dauerte 25 Minuten und führte über die Hauptstraße einmal quer durch die Stadt. Die Schule machte mir Spaß, und ich freute mich jeden Morgen auf meine Mitschüler und auf das, was an diesem Tag wieder geschehen würde. Mittags auf dem Rückweg erzählten wir uns von den neuesten Ereignissen und rieten, was Mutter wohl gekocht haben könnte. Wir bekamen, nach Alter abgestuft, ein kleines Taschengeld.

Ursel kaufte sich Stoffreste und nähte sich ausgefallene Kleidungsstücke davon. Sie wusste schon, dass sie später einmal Modedesignerin werden wollte. Sie hatte sogar schon einen Verehrer, der oft vor unserer Haustür stand und den wir hinter der Gardine beobachteten. Wir nannten ihn „Loch in der Backe", weil er ein tiefes Grübchen in der Wange hatte, und machten uns über ihn lustig.

Ich sparte, damit ich meine Klassenabende in der Schützenheide bezahlen konnte. Karin sparte sich ihr Geld in einer kleinen Schachtel und freute sich, wenn das Geld sich darin vermehrte, wenn sie nichts ausgab.

Nach einigen Monaten machte sich meine alte Hautkrankheit, die ich schon als Kind gehabt hatte, bemerkbar. Es begann mit einem leichten Jucken in den Armbeugen, dann auch in den Kniekehlen und im Nacken. Die Haut rötete sich. Ich trug Blusen mit langen Ärmeln, damit man nichts bemerkte. „Mit der Zeit wird es schon wieder aufhören!", tröstete ich mich. Mutter besorgte mir Cremes und Salben aus der Apotheke und ermahnte mich, wenn ich mich zu sehr kratzte. Dann nämlich wurden die Hautstellen feucht, es juckte noch mehr und der „Ausschlag" vergrößerte sich. Als keine Besserung festzustellen war, wurde ich nach einigen Wochen zum Hautarzt geschickt. Seine Praxis lag im feineren Teil von Kamen, wo die wohlhabenden Geschäftsleute wohnten. Dort gab es Einfamilienhäuser mit blumenreichen Vorgärten und großen Fenstern, durch die man in die üppigen Gärten sehen konnte. Seine Praxis bestand aus einem Warte- und einem Sprechzimmer, freundlich eingerichtet, mit grünen Pflanzen auf der Fensterbank. Wenn er sich mit mir unterhielt, rollte er mit seinem Stuhl hinter dem Schreibtisch hervor, damit dieser sich nicht als massive Schranke zwischen uns aufbaute. Anfangs sah er sich meine Haut an und verschrieb mir diverse Salben, die aber alle nicht halfen. Manchmal blickte er ratlos auf die feuchten Hautstellen, Abhilfe konnte auch er nicht schaffen. Immer häufiger verwickelte er mich in Gespräche und forderte mich auf, von zu Hause und von der Schule zu erzählen. Ich ging sehr gern zu ihm. Er war freundlich und nahm sich viel Zeit für mich. Durch meine Erzählungen kannte er bald meine Eltern und Geschwister, meine Situation und meine Erlebnisse in der Schule. Vor allem wollte er immer wieder wissen, was vor unserem Umzug geschehen war. Freimütig, denn ich hatte ja nur wenig zu verbergen, erzählte ich ihm vom Hunger, von der Schule in Oberhausen, von meiner Lehre im Baustoffgroßhandel, von unserer Geldknappheit und von Vaters Arbeitslosigkeit. Dass er Nazi gewesen war, sagte ich nicht und auch nichts von meinem merkwürdigen Chef im Büro. „Du solltest viel schlafen", riet er mir. „Der hat gut reden", erzählte ich Mutter zu Hause, „ich kann ja eben nachts oft nicht schlafen, weil alles so juckt."

Einmal brachte Mutter ein großes Paket Weizenkleie aus dem Reformhaus mit. „Frau Meyer hat mir erzählt, dass das gut gegen Hautkrankheiten hilft. Du lässt Wasser in die Badewanne ein und verrührst die Kleie darin." Na gut, wenn es hilft, dachte ich. Das Wasser war schön gemütlich warm und ich fühlte mich wohl. Aber bald setzte der Juckreiz wieder ein und als ich aus der Wanne stieg, war mein ganzer Körper feuerrot, und ich weinte leise vor mich hin, weil ich den Juckreiz kaum aushalten konnte. Das hatte also auch keine Linderung gebracht.

Ich quälte mich. Auch in der Schule konnte ich kaum noch ruhig auf meinem Stuhl sitzen. Der Schulweg fiel mir zunehmend schwer. Ich war immer müde, weil ich immer weniger schlief. Am Sportunterricht nahm ich nicht mehr teil, weil mir schwindelig wurde, wenn ich mich anstrengte. Manchmal lief ich in den Garten, besonders wenn die Luft kühl war, und ließ den Wind über meine Haut wehen. Kaltes Wasser linderte auch ein wenig den Juckreiz. Ich hielt meine Arme unter den Wasserhahn in der Küche und hoffte, dass die Haut sich beruhigte. Einmal wurde ich sogar in der Küche ohnmächtig, als ich am offenen Fenster gestanden hatte und den Luftzug genoss.

Mutter machte sich große Sorgen. Sie hatte mit dem Arzt gesprochen. Er hatte ihr geraten, dass sie mich alles tun lassen sollte, was ich mir wünschte. Diesen Rat fand ich ausgezeichnet. Mein erster Wunsch war, dass ich nachts auf dem Sofa im Wohnzimmer schlafen und solange das Radio angeschaltet lassen durfte, wie ich wollte. Ich konnte wach sein, ich konnte schlafen, ich konnte Musik und Hörspiele hören, ich konnte acht Stunden nur das machen, was mit Spaß machte.

Das Wohnzimmer war unser gemütlichster Raum. Das alte geblümte Sofa, das wir in Oberhausen geschenkt bekommen hatten, hatte den Umzug nach Kamen überstanden. Ein Dauerbrenner verströmte wohlige Wärme. Der Ofen wurde abends mit Anthrazitkohlen von oben bis zum Rand gefüllt, die Belüftung abgestellt, und am nächsten Morgen glühte die Kohle immer noch. Obwohl wir keine Zentralheizung hatten, war es im Wohnzimmer immer angenehm warm. Ich konnte mich im Schlafanzug die ganze Nacht dort aufhalten, zumal Mutter den Ofen jetzt nachts nicht ganz verschloss, sondern etwas geöffnet ließ, damit es auch wirklich schön warm für mich blieb. Das Schönste der Einrichtung aber war die neue Musiktruhe. Obwohl es noch an allen Ecken und Kanten im Haushalt und in der Ausstattung der Wohnung fehlte, war die Musiktruhe ein Muss für jede Familie. In unserer Truhe war nur das Radio, ein „Nordmende", eingebaut. Der obligate Plattenspieler sollte später dazu kommen, wenn wieder mehr Geld vorhanden sein würde. Die Vorderfront war mit weinrotem Stoff bespannt, vor die ein Holzgitter gesetzt war. Wahrscheinlich sollte eigentlich der Schall aus der Truhe verstärkt heraus transportiert werden, aber weder Lautsprecher noch Schallplatten waren vorhanden. Mutter hätte zwar lieber statt der Truhe erst Porzellan angeschafft, tröstete sich aber damit, dass ohnehin noch kein Schrank für das Geschirr im Wohnzimmer stand.

Bevor die Familie zu Bett ging, stapelte ich mir Bücher auf

den „Couchtisch", denn die Nachtruhe der anderen durfte natürlich nicht dadurch gestört werden, dass ich nachts durch die Wohnung lief. Daneben legte ich einen Schreibblock mit Stift für alle Fälle. Ein Krug mit Wasser versorgte mich, wenn ich Durst hatte.

Auf der Musiktruhe lag die „Hör Zu", die ich ganz dringend brauchte, um mein Programm für die Nacht auszusuchen. Sie erschien einmal in der Woche mit dem gesamten Programm des NWDR. In der ganzen Familie auch sehr begehrt waren darin die Fortsetzungen des Romans „Das Suchkind", der von einem Kind erzählte, das in den letzten Kriegswirren auf der Flucht seine Eltern verloren hatte.

Jeden Mittag um 13.00 Uhr ließ das Deutsche Rote Kreuz im Radio für fünf Minuten Namen von gesuchten Personen verlesen, die darauf hoffen konnten, dass sie so ihre Angehörigen wiederfinden würden, die durch Flucht und Evakuierungen in ganz Deutschland verstreut lebten. Der Fortsetzungsroman stand in engem Zusammenhang mit dieser Sendung und der Verlag konnte sicher sein, dass dieser Thematik großes Interesse entgegengebracht wurde. Und nachts gehörte diese Zeitung nur mir allein.

In diesen Wochen, in denen ich vom Abend bis zum Morgen allein im Wohnzimmer lebte, habe ich viele Hörspiele kennen gelernt. Es machte mir Freude, und manchmal konnte ich sogar für einige Stunden danach schlafen. In der ganzen Familie begehrt waren die Krimis von Francis Durbridge, in denen der Detektiv Paul Temple Verbrecher jagte. Die Sendung wurde jedes Mal mit einer Melodie eingeleitet, die sich bereits nach Nacht, unheimlichen Gestalten und Verbrechen in dunklen Ecken anhörte. Diese Sendungen lagen zeitlich manchmal so früh, dass ich mir das Wohnzimmer mit der Familie teilen musste, aber trotzdem freute ich mich immer auf die Serie.

Später in der täglichen Sendezeit konnte ich ganz für mich allein auch andere Stücke hören, die bis weit in die Nacht dauerten und die mich oft noch lange beschäftigten. Der Lichtkegel der kleinen Lampe neben der Couch erhellte nur die Sofaecke und einen Teil des Tisches. Nur das kleine Ofenfenster, das die glühende Kohle anzeigte, leuchtete rot aus der Dunkelheit. In dieser Unsichtbarkeit des Raumes spielten sich für mich die Szenen der Hörspiele ab.

Das Hörspiel „Draußen vor der Tür" von Wolfgang Borchert war zwar für mich in Teilen unverständlich, aber die tiefe Traurigkeit und Verzweiflung des heimkehrenden Soldaten erfasste auch mich. Ich sah den hohlwangigen Beckmann, wie er dem wohlgenährten Oberst zynisch die Toten von Stalingrad vorwarf.

Jeden Tag freute ich mich darauf, dass die anderen endlich zu Bett gingen. Wenn der Rundfunk dann spät nachts seine Sendungen einstellte, griff ich, wenn ich immer noch nicht schlafen konnte, zu den Büchern. Ständig war ich auf der Suche nach neuem Lesestoff. Wenn ich bei Tante Ise in Essen zu Besuch war, brachte ich mir die Romane mit, die ich in ihrem Bücherschrank gefunden hatte. In ihrem Stadtviertel war nur wenig durch die Bomben verloren gegangen. Einige Wochen später, ich war bereits öfter nicht in die Schule gegangen, stellte der Arzt immer noch keine Besserung fest. Er sah nur noch Abhilfe darin, dass ich vollständig aus meinem „Milieu" heraus genommen wurde. Das hieß für mich, weg von der Familie und von der Schule. Ich sollte in eine ganz neue, fremde Umgebung, allerdings nur, wenn ich mich dort wohl fühlte. Er schlug vor, dass ich zunächst für einige Wochen in ein Krankenhaus in Unna gehen sollte, das sich auf Hautkrankheiten spezialisiert hatte und in dem man einen „psycho-hygienischen Ansatz" praktizierte. In der Klinik wurde mir ein Zimmer gegeben, in dem ein kleines Mädchen den ganzen Tag in ihrem Bett schlief. Nach einem langen Gespräch wurde mir erlaubt, alles zu tun, was mir Spaß machte: Lesen, Spazierengehen, Schlafen, Schreiben, Essen oder nicht Essen, und das alles Tag und Nacht. Ich wurde mit einer weißen Lösung am ganzen Körper so eingekleistert wie der Maler die Tapete einkleistert. Dabei musste ich stehen, fiel allerdings beim ersten Mal ohnmächtig von dem Hocker, auf dem ich stand. Danach durfte ich auf einem Bett liegen und drehte mich zum Einstreichen wie eine Litfaßsäule um mich selbst, das passte ja auch zum Kleistern. Ich ließ nachts zum Lesen das Licht an, legte mich auch tagsüber, wenn ich Lust hatte, zum Schlafen ins Bett, ging in der Umgebung auf weichen grünen Graswegen zwischen den gelben Ähren und den roten Mohnblumen durch die Kornfelder und genoss, dass ich immer noch keinerlei Verpflichtungen hatte. Besuch durfte ich nicht empfangen, weder von der Familie noch von meinen Mitschülern.

Schon nach drei Wochen hatte sich mein Zustand so gebessert, dass man mich nach Hause entließ und ich nach einiger Zeit wieder in die Schule gehen durfte. Ich hatte an Armen und Beinen und auch am Körper noch kranke Hautstellen, die ich auch in den nächsten Jahren nicht ganz verlieren sollte, aber sie juckten nicht mehr so stark und ich gab mir große Mühe, nichts mehr aufzukratzen.

Oma Ida kam zu meinem Empfang zu Besuch, es gab Kuchen, und in der Schule nahm man mich freundschaftlich auf. Mit den nächtlichen Sitzungen am Radio und mit meinen Büchern war es allerdings auch vorbei. Ich schlief wieder mit meinen beiden Schwestern gemeinsam in einem Zimmer. Ich besuchte meinen Arzt noch einige Male und bedankte mich bei ihm. Schließlich hatten wir uns in der langen Zeit der Behandlung angefreundet.

Ferienarbeit auf der Kokerei (1951)

Das erste Schuljahr, das ich in meiner neuen Schule allerdings nur als halbes Jahr verbracht hatte, ging zu Ende. Die Zeugnisse standen an. „Na ja, geht ja so, nach dem Schulwechsel. Du musstest ja auch viel nachholen", meinte Vater zu mir, als er abends unsere Zeugnisse zuhause ansah. In Latein hatte ich es noch nicht geschafft, es war leider nur eine Fünf geworden. „Aber das wird noch", hatte unser alter Lateinlehrer gesagt, um mich zu trösten. In Mathematik und Physik war es auch nur eine vier. Ich würde mich in den letzten beiden Jahren anstrengen müssen. Die Unter- und Oberprima lagen noch vor mir. „Jetzt geht es in den Endspurt!", hatte unser Klassenlehrer bei der Zeugnisausgabe gemeint. Er verstand überhaupt nichts von Sport!

Wir hatten alle unsere Versetzung in die Unterprima. Keiner musste wiederholen. Wir feierten diesen Erfolg in der Eisdiele direkt neben dem Kino. Abends war noch ein angemessener Abend in der Schützenheide geplant, der natürlich wie immer recht munter verlief.

Ich hatte mir vorgenommen, in den Ferien zu arbeiten, weil ich dringend ein Fahrrad benötigte. Das alte von Vater war nun wirklich nicht mehr zu gebrauchen. Außerdem wollte ich jetzt ein richtiges modernes Damenfahrrad, das nicht so große Räder hatte und dessen Rahmen nicht so hoch sein sollte wie der von Vaters Rad. Solche sah man höchstens noch in alten Kinofilmen. „Kommst du denn da überhaut über die Stange auf den Sattel?" Ich war die spitzen Bemerkungen meiner Mitschüler bei unseren Klassenausflügen leid.

Die zaghafte Nachfrage bei meinen Eltern nach einem neuen Fahrrad war ergebnislos geblieben und hatte eine entschiedene Ablehnung ergeben, weil das Geld nicht reichte. Als ich in der Schule von diesen Problemen erzählt hatte, hatte einer den Vorschlag gemacht: „Du kannst doch in den Sommerferien arbeiten. Auf dem Pütt haben sie immer was zu tun, und du mit deinen Beziehungen zur Zeche." Ich als Mädchen hatte da wenig Hoffnung. Was sollte ich schon dort für eine Arbeit übernehmen. Die Zeche war ein Männerbetrieb, das wusste jeder. Trotzdem sprach ich Vater abends an. Eigentlich hatte ich ein mitleidiges Gelächter erwartet, aber er machte ein nachdenkliches Gesicht und sagte: zu meiner Überraschung: „Ich werde mich mal umhören." Und tatsächlich nach einigen Tagen, kurz vor den Sommerferien, meinte er plötzlich beim Mittagessen: „Ich habe was für dich gefunden, du kannst fünf Wochen im Labor auf der Kokerei in der Frühschicht arbeiten." „Aber ich habe doch gar keine Ahnung von Chemie, Chemie ist doch immer ausgefallen, weil es keinen Chemielehrer gab." „Im Kokereilabor gibt es Arbeiten, bei denen man nicht viel von Chemie verstehen muss. Das werden sie dir schon zeigen." Natürlich freute ich mich, aber bei dem Gedanken an das Chemielabor wurde mir doch recht flau im Magen. Am darauffolgenden Montag begann meine Arbeit auf der Kokerei.

Am ersten Tag lieferte mich mein Vater im Labor ab. Als mein Vater die Tür öffnete, stellte ich mich hinter ihn. Später behaupteten meine neuen Kollegen, ich habe mich sogar an seiner Jacke festgehalten. Der Laborleiter, ein promovierter Chemiker, der gerade sein Studium in Aachen beendet hatte, begrüßte uns mit einem unangenehmen Lächeln. Ich glaubte, darin eine gewisse Süffisanz zu erkennen, als wolle er sagen: „Na, du wirst schon sehen, was daraus wird!" oder „Wieder eine mit Papas Hilfe!" Mein Vater verabschiedete sich schnell, der Chef ging in seinen Glaskasten zurück, von dort aus konnte er das ganze Labor übersehen, und ich wurde freundlich von meinen zukünftigen Kollegen begrüßt.

An den Wänden zogen sich Steintische entlang, auf denen irgendwelche Apparate angebracht waren. In der Mitte stand ein großer gefliester Tisch, an dessen Ende aus einem ganz normalen Wasserhahn normales Wasser in ein Wasserbecken fließen konnte. Dahinter waren auf einem Regal zwei große Flaschen mit der Aufschrift ‚Säure' und ‚Lauge' nicht zu übersehen, deren Bedeutung mir später schmerzhaft bewusst werden sollte.

„Das ist der Torwart von TuRa Bergkamen", wurde mir ein kleiner, drahtiger Mann vorgestellt. Mit der Zeit merkte ich, wie wichtig er in diesem Team war, nicht etwa wegen der anstehenden Arbeiten im Labor, sondern wegen Verbindungen zum Fußball des Ortes. Jeden Montag gab es vor der Arbeit eine kleine Konferenz, in der die Ergebnisse der Fußballspiele des Wochenendes diskutiert wurden, hauptsächlich natürlich das Torverhältnis des Bergkamener Vereins, sein Auf- oder Abstieg, Fehler einzelner Spieler oder besonders gute Ballpassagen. Häufig bekam er Lob für seine Mannschaft, musste aber auch manchmal herbe Kritik ertragen. Anschließend begegneten sich einige als Anhänger anderer Vereine etwas verbissen, weil sie mehr auf der Seite von Borussia Dortmund und andere auf der Seite von Schalke 04 standen.

Ein Student, der anfangs meinen Eintritt neugierig beobachtet hatte, wandte sich wieder seinen Arbeiten zu. Er war an einem Kalorimeter beschäftigt, mit dem er gemeinsam mit dem Chef irgendwelche Versuche zur Untersuchung des Aschegehaltes in der Kohle machte. Er war so groß wie ich und hinkte ein wenig. Wie ich später erfuhr, hatte er gerade eine Phlegmone überstanden, die ihn fast sein Bein gekostet hätte, wäre es nicht seiner Mutter gelungen, auf dunklen Kanälen Penicillin zu besorgen, eine neue Erfindung aus Amerika, die in Deutschland noch nicht auf dem Markt war.

Bald schwirrte mir der Kopf von allem, was mir gezeigt wurde. „Kommen Sie mal mit! Jetzt zeige ich Ihnen erst einmal die anderen Laborräume", sagte ein sympathischer junger Mann, der gemerkt hatte, dass mich das viele Neue verwirrte. Er führte mich durch das ganze Haus, machte mich bekannt und erklärte, was in den einzelnen Räumen geschah. Er nahm diesen Spaziergang als willkommene Abwechslung. Manche Räume in dem Haus dienten als Lager, in manchen standen auch Tonnen mit Asche oder verschiedenen Kokskohlen. „Kokskohle ist eigentlich der Kohlenstaub, der in den riesigen Öfen da drüben verkokt wird." Ich war an den riesigen Batterien von Koksöfen vorbeigekommen, als gerade der glühende Inhalt aus einem Ofen in einen Waggon gedrückt wurde. Ein beeindruckendes Schauspiel. Koks kannte ich. Koks war das effektive Heizmaterial für Zentralheizungen, auch in unserer Schule. „Und weil man mit der Kokskohle so sehr viel machen kann, untersuchen wir im Kokereilabor ständig die Stoffe, zum Beispiel die Gase, das Ammoniak und das Benzol, die bei der Verkokung entstehen und die Menge und Qualität der Asche, die nach dem Verbrennen zurückbleibt. Das sind eigentlich unsere Hauptaufgaben." Eigentlich war die Kokerei ein riesiges Chemiewerk, das in ‚unserem' Labor ständig kontrolliert wurde. Ab und zu lächelte mich Eckert, wie der junge Mann hieß, aufmunternd von der Seite an.

Sehr viel mehr geschah an diesem ersten Tag im Labor nicht. Die acht Stunden der Schicht waren schnell vorüber gegangen. Am Ende zeigte man mir noch, wo der Zechenzug nach Kamen abfuhr, und wir wünschen uns einen schönen Feierabend.

Am nächsten Morgen fuhr ich um fünf Uhr gemeinsam mit den Bergleuten mit dem Zechenzug wieder zur Zeche Grimberg, auf der die Kokerei lag. Meine Schicht begann um sechs Uhr und endete um zwei Uhr. Die Bergleute arbeiteten im Schichtbetrieb: sechs bis zwei Uhr, zwei bis zehn Uhr und zehn bis sechs Uhr. Wenn wir aus dem Zug stiegen, wartete schon die Nachtschicht und verließ mit dem gleichen Zug in entgegen gesetzter Richtung das Zechengelände.

„Dies ist eine Gasmaus", sagte Eckert und drückte mir einen Glaskolben in die Hand. Die Kollegen standen grinsend um mich herum. Wollten sie mich auf den Arm nehmen? Nein, das Gerät hieß wirklich so. sie wollten nur meine Reaktion sehen. „Du untersuchst hiermit das Gas," Eckert war zum ‚du' übergangen, „und schwenkst den Kolben mit der Hand hin und her, rauf und runter, damit der ganze Inhalt in Bewegung bleibt." Und ich schwenkte, den ganzen Morgen viele von diesen Kolben, bis endlich einer sagte: „Kaffeepause". Wir saßen um den Labortisch, jeder hatte sein Butterbrotpaket und eine kleine Flasche Milch vor sich liegen. „Du kannst dir auch Milch bestellen. Wir bekommen sie etwas billiger. Sie soll dem Körper helfen, mit den giftigen Gasen hier fertig zu werden." Ich überlegte kurz und entschied mich gegen die Milch. „Ich werde die Milch nicht bestellen. Auch so kleine Beträge läppern sich zu einem größeren Betrag zusammen." Wie ich später erfuhr, hatte dieser Satz großen Eindruck auf den Studenten gemacht.

Nach dem Frühstück zeigte man mir, wie man mit einer Präzisionswaage eine kleine Menge Kohlenstaub abwiegt, sie auf einem „Schiffchen" in einen Laborofen schiebt, und nach einer gewissen Zeit feststellen kann, wie viel Asche übrig geblieben ist. Der Ofen war so heiß, dass der Kohlenstaub darin verglühte, genau wie im Ofen der Zentralheizung in unserer Schule. Das Ziel war, möglichst wenig Asche-Rückstand zu erhalten.

Im Laufe der nächsten Wochen lernte ich, wie man Proben nimmt und wie man einige dieser Proben untersuchen kann, aber die Zusammenhänge verstand ich weniger. Dazu hätte ich mehr von der Chemie wissen müssen.

Als ich eines Tages mit einer Pipette durch Ansaugen einige Milligramm Flüssigkeit für eine Untersuchung der Kokskohle aufnehmen wollte, gerieten mir dabei versehentlich Tropfen in den Mund. Dass es konzentrierte Säure war, wusste ich nicht. Ich schrie laut auf vor Schmerz. Alle sahen mich entsetzt an. Eckert stürzte auf mich zu, drängte mich zum Waschbecken, riss eine der beiden Flaschen vom Regal, füllte eine kleine Menge in ein daneben stehendes Glas und zwang mich, damit meinen Mund auszuspülen. Der Schmerz blieb. Ich konnte nicht mehr sprechen, die Schleimhäute im Mund fühlten sich an wie rohes Fleisch. Ich wurde ins Chefzimmer gesetzt und musste meinen Mund möglichst häufig mit Wasser ausspülen, was mir anfangs wegen der Schmerzen kaum gelang. Ich hörte, wie der Chef draußen aufgeregt schrie: „Wer lässt denn dieses unerfahrene Mädchen diese gefährlichen Arbeiten machen? Dass hätten sie alle wissen müssen!" Es dauerte einige Tage, bis ich wieder flüssige Nahrung zu mir nehmen konnte und die Schmerzen etwas nachließen. Man erklärte mir hinterher, dass ich beim Pipetieren hoch konzentrierte Säure in den Mund bekommen hatte, die man mit Lauge neutralisieren kann, um das Schlimmste zu verhüten. Eine der Flaschen auf dem Regal war, wie ich jetzt erfuhr, mit hochkonzentrierter Lauge und die andere mit hochkonzentrierter Säure gefüllt, sodass man, je nach der aufgenommenen Flüssigkeit, die eine mit der anderen neutralisieren konnte. „Du hast Glück gehabt", sagte mir später Eckert etwas vorwurfsvoll, „deine Ungeschicklichkeit hätte viel schlimmere Folgen haben können. Dein Hals, dein Magen, deine Därme, alles hätte verätzt sein kommen, und du hättest vielleicht nie wieder richtig gesund werden können." Man hatte mir zwar gesagt, ich solle vorsichtig mit der Pipette umgehen, aber nichts von der Bedeutung der beiden Flaschen über dem Waschbecken. ‚Die Flaschen stehen sicher nicht nur für mich dort auf dem Regal, sondern auch für ähnliche Fälle. Auch für erfahrene Laborarbeiter!' dachte ich wütend, weil mich alle so mitleidig behandelten. Vater war betroffen: „War eine Ferienarbeit im Labor doch eher ungeeignet für eine unbedarfte Schülerin?" Mutter regte sich auf: „Wie konnte man dich denn überhaupt so gefährliche Sachen machen lassen?"

Ich wurde intensiv und freundlich von den Kollegen bei meiner Arbeit betreut, besonders von Eckert und dem Studenten. Manchmal wetteiferten die beiden sogar, wer mich auf einem schwierigen Gang zum Entnehmen einer Probe begleiten durfte. Ich fand das angenehm und fühlte mich wohl.

Eckert bot mir in der Frühstückspause seine Brote an, die ihm seine Frau, mit der er seit drei Monaten verheiratet war, besonders liebevoll und üppig zubereitet hatte. Er hatte mir erzählt, dass er erst kürzlich von einer Tuberkulose geheilt worden sei, die er sich in russischer Gefangenschaft zugezogen hatte. Deshalb musste er besonders gut essen, hatte aber, was mich freute, nie richtigen Appetit. Eigentlich war die Kokerei wegen der starken Belastung durch Gifte in der Luft und am Arbeitsplatz nicht der geeignete Ort für ihn, um seine Lunge zu schonen, aber er war froh, dass er eine Arbeit gefunden hatte, da er keine Ausbildung vorweisen konnte.

Wir hatten uns angefreundet und von unseren Vergangenheiten und Wünschen viel erzählt, sodass wir uns schon nach kurzer Zeit gut kannten. Er war mit sechzehn Jahren in Schlesien als Soldat eingezogen worden, nachdem er vorher in der Hitlerjugend darauf vorbereitet worden war, dass es eine Ehre sei, für das Vaterland zu kämpfen und zu sterben. Trotzdem war er ohne Begeisterung in diesen ‚ehrenvollen' Kampf gezogen, bald in russische Kriegsgefangenschaft geraten und 1945 halb verhungert und elend krank wieder zurückgekehrt. Seine Familie war inzwischen aus Schlesien nach Westdeutschland geflohen. Nach einem einjährigen Krankenhausaufenthalt hatte man ihm geholfen, seine Mutter wiederzufinden. Er fand sie in Rünthe, einem kleinen Ort am östlichen Rand des Ruhrgebietes in der Nähe von den zwei großen Kamener und Bergkamener Bergwerken, Grillo und Grimberg. Neben seiner Tätigkeit als Laborarbeiter machte er gerade eine Ausbildung als Chemielaborant.

Der Student hatte eines Morgens wie unbeabsichtigt seine Hand auf meine gelegt, was mich ganz schrecklich in Verlegenheit brachte, und mich am Ende der Schicht gefragt, ob wir uns nicht am Nachmittag noch sehen könnten. Er hieß Theo und wurde zwei Jahre später mein Mann.

In Recklinghausen (1951)

Onkel Heini wohnte mit seiner Familie in Recklinghausen. Er war Mutters Bruder und noch größer als Vater. Eines Tages brachte Mutter von einem Besuch in Recklinghausen eine für mich spannende Anfrage von Onkel Heini mit. Tante Lilly, seine Frau, lebenslustig, unbefangen und sorglos, wollte wieder einmal eine Kur machen. Das kam bei ihr öfter vor, und die Kurbäder, die sie besuchte, wurden mit der Zeit immer luxuriöser. Ich, inzwischen 19 Jahre alt, wurde gebeten, während ihrer Abwesenheit den Haushalt zu führen.

Onkel Heini hatte sich immer angestrengter bemühen müssen, Tante Lillys finanziellen Wünschen mit der entsprechenden Geldbeschaffung nachzukommen. Bis jetzt war es ihm gelungen, wurde aber immer schwieriger, wie wir Kinder aus Gesprächen aufschnappten, wenn Mutter sich mit ihren anderen Geschwistern unterhielt. Tante Lilly war oft Gegenstand ihrer Unterhaltungen gewesen. Sie hatte wohl das Leben schon leichter genommen, als sie alle noch jung waren. Ich mochte sie eigentlich gern, sie war fast immer fröhlich und lachte viel und machte kein großes Geschrei, wenn mal etwas schief gegangen war, wie etwa ein Loch im Strumpf oder ein Winkelhaken im Kleid.

Wir besuchten unsere Verwandten in Recklinghausen gelegentlich, so etwa bei Geburtstagen und manchmal auch nur so. Vater fuhr nicht so gern mit, Onkel Heini und Vater verstanden sich nicht gut. Irgendetwas musste einmal geschehen sein. Vielleicht war es aber auch nur, weil Vater Onkel Heini die schnelle berufliche und finanzielle Erholung nach dem Krieg übel nahm. Wir Kinder ließen uns gern überreden mitzufahren, weil wir dort manchmal mit Onkel Heinis VW ins Feibad gebracht oder einmal sogar von ihm in ein Café eingeladen wurden. Das Geld war nicht so knapp wie bei uns zu Hause, und die Kinder durften viel mehr als wir. Sie bekamen selbstverständlicher das Geld, das sie für die Schule oder andere Unternehmungen brauchten. Auch die großzügige Wohnung imponierte uns. Der Kontakt zu unseren vier Cousins und Cousinen war nur locker. Während der Kriegsjahre und auch danach hatten wir uns nur selten gesehen, zumal die Bahnverbindungen umständlich waren.

Gleich in den ersten Monaten nach dem Ende des Krieges hatte Onkel Heini bei uns in Oberhausen plötzlich zu einer Zeit vor der Tür unserer Mansardenwohnung gestanden, als Mutter immer noch auf Vaters Rückkehr wartete. Sie hatte inzwischen zwar Nachricht über das Deutsche Rote Kreuz erhalten, dass er noch lebte, aber wo und in welchem Zustand, das wusste sie nicht, und sie sollte auch noch lange darauf warten müssen. Umso erstaunter war sie, als ihr Bruder vor ihr stand, etwas bleich und abgemagert. Sie merkte ihm an, dass seine Selbstsicherheit nicht mehr ganz so groß war wie früher. Mit ihm hatten wir nicht gerechnet. Als wir ihn zuletzt gesehen hatten, wohnte er mit seiner Familie in einem schönen Haus in Nakel an der Netze in der Nähe von Posen, dem heutigen Poznan in Polen. Das Gebiet war seit 1939 von den Deutschen als Warthegau besetzt worden und rigoros von der NSDAP und der SS ‚entpolnisiert‘ und ‚eingedeutscht‘ worden.

Mutter hatte 1943 die Familie mit uns drei Kindern in deren damaliger Wohnung in Nakel besucht, als wir auf dem Weg von Westpreußen nach Northeim von einem Evakuierungsort zum nächsten unterwegs waren. Das Haus hatte vor dem Einzug der Familie leer gestanden, war uns gesagt worden. Wir wurden beim Essen von polnischem Personal bedient.

Als Mitglied des ,Wandervogel' in den zwanziger Jahren hatte Onkel Heini sich begeistert freiwillig schon zu Anfang des Hitler-Regimes beim Deutschen Arbeitsdienst beworben und als Berufsanfänger nach seinem Bauingenieur-Studium dort eine Arbeitsstelle bekommen. Zunächst hatte er Jugendherbergen entworfen und beim Bau oder Umbau alter Gebäude mit gearbeitet. Im Sauerland gibt es noch ein Erinnerungsschild an einer von ihm gebauten Jugendherberge. Über das, was er in Nakel im Krieg gemacht hat, wurde schon damals nicht gesprochen. Offensichtlich unkritisch dem sich wandelnden Arbeitsdienst gegenüber und schon vor 1933 dem Gedankengut des Nationalsozialismus nahestehend, war er ein Parteigänger Hitlers geworden. Seine Familie hatte er später in das besetzte Polen nachgeholt.

Onkel Heini war nach dem Krieg günstig durch die Entnazifizierung der alliierten Behörden gekommen. Als ,Oberfeldmeister' im Reichsarbeitsdienst hätte er eigentlich mehr Probleme haben müssen.

Da er als ,Oberfeldmeister' zunächst Berufsverbot hatte und wohl auch so kurz nach dem Kriegsende im noch nicht organisierten Baugewerbe keinen Arbeitsplatz gefunden hätte, hatte er sich kurzerhand mit seinem erlernten Beruf als Bauingenieur selbständig gemacht und konnte so das Berufsverbot umgehen. Viele Auflagen hatte er offensichtlich ohnehin nicht bekommen, da er sich ,günstig' darstellen konnte, wie so viele, die entweder redegewandt waren oder sich einen ,guten' Leumund zu beschaffen wussten. Vielleicht lag es auch daran, dass der Arbeitsdienst, den es bereits in der Weimarer Republik gegeben hatte und der bis 1935 freiwillig gewesen war, nicht so beurteilt wurde wie andere Gliederungen der Nationalsozialisten.

Als die Front in Nakel immer näher rückte, war Lilly mit den vier Kindern nach Hindelang in Bayern evakuiert worden. Schon bald nach Kriegsende konnte Heini seine Familie nach Recklinghausen holen, wo er bereits ein komfortables Zuhause für sie gebaut hatte.

Wie überall gab es auch in Recklinghausen während der Zeiten des Wiederaufbaus viel zu tun. Onkel Heini wusste, wie man an die staatlichen Fördermittel kam, die damals reichlich flossen, weil es so sehr an Wohnraum für die teilweise noch obdachlose Bevölkerung fehlte. So hatte er bald ein sehr gut florierendes Baugeschäft aufgebaut. Handwerker fand er offensichtlich auch in der noch orientierungslosen Arbeitswelt.

Ich ließ mich auf die Bitte von Onkel Heini ein und versuchte, in der Familie Tante Lilly zu ersetzen, obwohl ich kaum kochen konnte. Meine Fähigkeiten lagen eher im Saubermachen. Das hatte ich schon seit Jahren zu Hause machen müssen, weil Mutter sich häufig nicht wohl fühlte. Aber diese Aufgabe solle nur zweitrangig werden. Onkel Heini versprach, mir beim Kochen zur Seite zu stehen, was aber dann nur in den seltensten Fällen geschah. Zudem handelte es sich um eine große Familie. Meine Cousins und Cousinen, alle knapp jünger als ich, waren keine große Hilfe und offensichtlich nicht zur Arbeit im Haushalt angeleitet worden.

Onkel Heini trug sich bereits mit Plänen für ein neues Einfamilienhaus, das noch komfortabler werden sollte als das erste, einige Mehrfamilienhäuser hatte er vermietet. Ein Auto, einen VW, hatte er natürlich auch schon, als erster in der gesamten Verwandtschaft.

Als ich ankam, war Tante Lilly bereits abgereist. Onkel Heini wies mich in meine Aufgaben ein. Ich erhielt zehn

Mark pro Tag zum Einkauf der Lebensmittel und was sonst so im Haushalt anfiel. Schon nach einigen Tagen musste ich ihm eingestehen, dass ich mit diesem Geld für die Versorgung von sechs Personen nicht auskam, zumal ich weder im Keller noch in der Küche irgendwelche Vorräte gefunden hatte. Er bat mich in sein Arbeitszimmer. Er runzelte die Stirn und sagte: „Das hätte ich nicht gedacht." Mir war das sehr peinlich, ich hatte wohl in seinen Augen versagt. „Was hast du denn mit dem Geld gemacht?" Ich sollte ihm erklären, wo das Geld geblieben war. Ich wusste es doch auch nicht, es hatte einfach bei meinen Einkäufen nicht gereicht. Er drückte mir einen Schein in die Hand. „Gib dir mehr Mühe!" sage er noch, bevor ich wieder an meine Arbeit gehen durfte. Aber ändern konnte ich nichts. Das Defizit in der Haushaltskasse blieb bis zum Ende meiner Haushälterinnentätigkeit.

Trotz der Schwierigkeiten bei meinen Aufgaben genoss ich den Luxus des großzügigen Hauses, des sommerlichen Gartens und des Autos, das ich natürlich noch nicht fahren durfte, weil ich keinen Führerschein hatte. Meine Einkäufe erledigte ich zu Fuß. Nur manchmal nahm Onkel Heini mich mit in die Stadt, damit ich nicht so viel zu schleppen hatte.

Mein jüngerer Cousin Dieter hatte zwar auch keinen Führerschein, aber trotzdem nahm er sich manchmal den Autoschlüssel aus der Schale in der Diele und fuhr einmal die Straße rauf und runter. Einmal konnte ich nicht widerstehen und fuhr mit. Er raste mit einem ‚Affenzahn', wie er sagte, die leicht abschüssige Straße hinunter. „Haltet euch fest, jetzt geht's los", schrie er, „es wird sehr holprig. Man muss hier so schnell fahren, damit man die vielen Löcher in der Straße nicht so merkt. Das ist besser für das Auto." Meine Cousine Helga und ich saßen auf den hinteren Sitzen und kreischten, halb vor Angst, halb vor Vergnügen und auch mit dem prickelnden Gefühl, etwas Verbotenes zu machen. Ich war nicht so sicher, ob das Auto mit dieser rasanten Fahrt durch die Schlaglöcher geschont wurde und schon gar nicht, was wohl Onkel Heini dazu sagen würde, wenn er uns gesehen hätte oder sogar vielleicht das Auto beschädigt sein würde.

Helga, die vier Jahre jünger war als ich, war trotzdem schon so groß wie ich. Das machte ihr aber nicht so zu schaffen wie mir, sie nahm alles etwas lockerer. Sie lieh sich manchmal mein Lieblingskleid aus, das ich nur zu besonderen Gelegenheiten trug. Ich fand es sehr schick und sie wohl auch. Dunkelgrün, aus einem ganz leichten Bouclé-Wollstoff, mit einem weiten Rock, der hin und her schwang, wenn man sich schnell umwendete, und langen weiten Ärmeln, die am Handgelenk in einem Bündchen zusammengehalten waren. Ich war stolz auf das Kleid, es stand mir gut, wie ich meinte. Oma Ida konnte sehr gut nähen und war eine gute Designerin. Leider bekam ich es schließlich beschmutzt und sogar mit einem Winkelhaken im Rocksaum zurück. Darüber war sogar Mutter später ärgerlich, zumal sie sich daran erinnerte, dass es sich bei Tante Lilly früher ähnlich abgespielt hatte, als sie jung waren.

Erika, die jüngste der vier Kinder, half mir manchmal in der Küche beim Abtrocknen. Sie war häufig krank und auch während meines Besuchs musste ich sie für einige Tage pflegen. Sie war lieb und einfühlsam und tröstete mich manchmal, wenn ich mit meinen häuslichen und für mich ungewohnten Pflichten nicht mehr weiter wusste. Sie half mir beim Kartoffeln Schälen, was mir schwer fiel. Wir saßen am Küchentisch und erzählten uns von unseren Träumen, die wir von der Zukunft hatten. Manchmal zeichnete sie mir ein Bild von einer Blume aus dem Garten oder einfach von einer Möhre oder einer Kartoffel, die gerade auf dem Tisch lag. Sie konnte das sehr gut, und ich bewunderte sie. Später studierte sie Design und arbeitete bei einer großen Firma für Kaffeefilter.

Karl-Heinz, mir im Alter am nächsten, war selten zu Hause. Er wurde von allen als der Vernünftigste angesehen und oft von seinen Geschwistern um Rat gefragt. Ruhig und gelassen bewegte er sich zwischen diesen unterschiedlichen Menschen.

Es war eine andere Welt, dort in Recklinghausen, eine Welt, in der mir ein wenig Luxus begegnete, deren Leichtigkeit im täglichen Leben mich faszinierte und mir doch eigentlich fremd blieb.

Klassenfahrt (1952)

Das letzte Schuljahr hatte begonnen. Am Ende dieses Schuljahres würden wir unsere Reifeprüfung ablegen und „in den Ernst des Lebens eintreten". So hatte uns der Schuldirektor „in die entscheidende Phase unserer Schulzeit" eingeführt. „Es kommt jetzt darauf an, dass sie im Endspurt nicht nachlassen." In der Klasse befanden sich immer noch fünfzehn Jungen und drei Mädchen. Alle hatten die Unterprima geschafft. Wir hatten immer noch unseren Spaß in der Schützenheide und waren gespannt auf die Klassenfahrt, die noch kommen sollte. Geplant wurde schon lange bei uns, aber auch bei den Lehrern. Die Mehrheit der Schüler wollte „ordentlich was erleben", und man konnte sich das nur so vorstellen, dass das Reiseziel möglichst weit entfernt von Kamen lag und dass man dieses weit entfernte Ziel mit dem Fahrrad erreichen wollte, weil es sonst zu teuer geworden wäre. Als unser Begleiter hatte sich ein Sportlehrer angeboten. Das musste sein, wurde uns gesagt, alleine durften wir nicht. Und Heidelberg sollte es sein. Die Mahnungen, dass es doch sehr weit bis Heidelberg sei, wurden überhört.
Ich war sehr froh, dass ich mir von dem auf der Kokerei verdienten Geld ein Fahrrad hatte kaufen können: ein schönes, stabiles ‚Damen'-Rad' mit rotem Rahmen.
Es bildete sich eine Planungsgruppe. Die Route wurde festgelegt, die einzelnen Tagesstrecken geplant und die jeweiligen Unterkünfte vorbestellt. Der Endpunkt der Tour war eine Jugendherberge in Neckarsteinach, einem Ort nahe bei Heidelberg. Man erarbeitete sogar einen Gepäckvorschlag, denn die Belastung des Fahrrades und des Fahrers musste sich in Grenzen halten. Natürlich waren die körperlichen

Konditionen der einzelnen Mitschüler sehr unterschiedlich. Darauf musste Rücksicht genommen werden. Da ich noch von meinen sportlichen Aktivitäten aus früheren Jahren in Form war, würde ich die Anstrengungen und die Belastungen der Tagesfahrten gut durchstehen.

Margrid

Allerdings waren einige Mittelgebirge zu überwinden. Für das Sauerland hatte man sich im westlichen Teil eine Strecke ausgesucht, die möglichst wenige größere Steigungen forderte. Im Taunus mussten wir einige Male vom Rad absteigen, um mit Rad und Gepäck die Berge bewältigen zu können. Weiter ging es durch das Rheintal. Der Odenwald lag zu unserer Erleichterung mit seinen hohen Bergen im Osten der von uns befahrenen Weinstraße. Als wir in Neckarsteinach ankamen, freuten wir uns, dass alle die etwa

330 Kilometer lange Strecke eigentlich ganz gut geschafft hatten.

Heidelberg wurde besichtigt, der Schlossberg bestiegen und natürlich besuchten wir eine Studentenkneipe und fühlten uns schon wie Studenten, die ja einige von uns bald sein würden, wobei wir uns das Studentenleben so vorstellten, wie wir es aus den entsprechenden Filmen kannten. Immer würde die Sonne scheinen, wir würden singend durch die blühenden Wiesen der Umgebung wandern und laute Feste mit unseren Kommilitonen feiern. Später nach dem Abitur stellte sich heraus, dass nur wenige ein Studium absolvieren konnten. Studieren war sehr teuer.

Auf dem großen Hof der Jugendherberge feierten wir mit anderen Gästen, meist Schulklassen so wie wir, die Sonnwende mit einem riesigen Sonnwendfeuer. Nach einigen Gläsern des leckeren Weins aus dem Rheintal wagten mehrere Paare den Sprung über das Feuer. Ich hatte mir schon einen Mitschüler ausgesucht, und tatsächlich forderte mich dieser auf, gemeinsam den waghalsigen Sprung zu unternehmen. Ohne Schaden bewältigten wir das Abenteuer und belohnten uns anschließend mit weiteren Kostproben des Wein, der immer leckerer wurde.

Die Rückfahrt wurde anstrengender. Die Route führte über den Taunus, das Rothaargebirge, die Hohe Bracht und das Sauerland. Da war Kondition gefordert, die aber nicht immer ausreichte.

Als ein Berg der Hohen Bracht kein Ende nehmen wollte, überholte mich ein Lieferwagen, ein sogenanntes Dreirad, das ebenso seine Probleme mit der Steigung hatte und deshalb nur langsam fahren konnte. Es hatte aber wenigstens keinen „Kohlenstocher" wie viele Autos, die ihre Pferdestärken aus Kohlen zogen, die in einem röhrenförmigen Ofen, der am Auto befestigt war, verbrannt wurden, um die nötige Energie zu gewinnen. Schnell griff ich nach dem Seitenbrett des Wagens und ließ mich so von den mich weniger anstrengenden Pferdestärken den Berg hinauf ziehen. Das klappte sehr gut, und ich hatte nicht die Absicht, das Brett loszulassen, bevor wir auf der Bergkuppe angekommen sein würden. Natürlich hatte man den am Auto hängenden Parasiten-Mitfahrer bemerkt, aber die zwei jungen Männer vorne im Fahrerhäuschen hatten ihren Spaß, auch wenn ihr Dreirad nun noch etwas langsamer wurde.

Als der Berg geschafft war, hielten die beiden das Auto an, stiegen aus und meinten: „Na, das hast du dir ja ganz schön bequem gemacht. Bist du denn alleine?" Ich erzählte ihnen von meinen beiden Mitschülerinnen, die aber auch gleich kommen würden, nur dass sie die Steigung mit eigener Kraft schaffen mussten. Ich wurde ausgefragt, warum wir denn hier so alleine in der Hohen Bracht unterwegs seien. Bald wussten sie, dass wir als Schüler unsere letzte Klassenfahrt machten, dass die Jungen unserer Klasse uns am Berg leider abgehängt hatten und dass wir abends in der Jugendherberge der Burg Bilstein übernachten würden.

Völlig verschwitzt und erschöpft kamen endlich auch meine beiden Kolleginnen an, nicht ohne mich mit ein paar bissigen Bemerkungen bedacht zu haben, weil ich es mir so bequem gemacht hatte. Die beiden jungen Männer schlugen vor, uns mit dem Auto nach Bilstein zu bringen, was bei uns natürlich helle Begeisterung hervorrief. Die Fahrräder wurden auf die Ladefläche gelegt und wir zwängten uns in das enge Führerhäuschen.

Als wir an einer Kneipe vorbeikamen, meinten sie, „hier machen wir eine kleine Pause." Als wir Bedenken äußerten, weil wir pünktlich in der Jugendherbere ankommen mussten, überredeten sie uns: „Nur ganz kurz. Wir laden euch auch ein." Etwas besorgt gingen wir mit ihnen in das Haus, und sie bestellten uns einen Obstwein. „Ganz harmlos, ist ja aus Johannisbeeren gemacht." Als die beiden Mädchen anfingen zu kichern und alberne Bemerkungen von sich gaben, und ich auch alles nicht mehr so schlimm fand, wurde mir klar, dass der Wein nicht so ganz harmlos sein konnte. Inzwischen hatten die beiden anderen sich zu einem zweiten Glas überreden lassen. Ich stand auf und verließ die Kneipe. Trotz meiner gehobenen Stimmung bohrte die Sorge, ob wir zeitig genug die Jugendherberge erreichen würden, die, wie wir wussten, abends um 22.00 Uhr die Tore schließen würde.

Als wir dann endlich aufbrachen, war es tatsächlich zu spät. Das riesige Tor der Burg war verschlossen. Da für uns die Realitäten der Welt immer noch etwas vom Johannisbeerwein getrübt waren, nahmen wir es gelassen.

Auf dem Parkplatz standen zwei Busse, die offensichtlich Schulklassen in die Jugendherberge gebracht hatten und am nächsten Morgen weiterfahren würden. In einem saß der Busfahrer und las eine Zeitung. Er nahm uns auf, und wir schliefen auf den Sitzen des Busses nach den Anstrengungen des vorangegangenen Tages recht gut.

Erst am nächsten Morgen merkten wir, welche Auswirkungen unser Abenteuer gehabt hatte. Unsere Mitschüler ignorierten uns, der Herbergsvater brüllte uns an, als er endlich das große Burgtor aufschloss, unser Lehrer bestellte uns mit eisigem Gesicht in das Büro des Hauses und eröffnete uns: „Ich habe bereits mit dem Schulleiter unserer Schule gesprochen. Ihr müsst mit einem Schulverweis rechnen." Glücklicherweise hatte der Busfahrer bestätigt, dass wir die Nacht im Bus verbracht hatten.

Zerknirscht und niedergeschlagen starteten wir bei strahlendem Sonnenschein zu unserer nächsten Fahrradetappe. Ich hatte zu allem Unglück meinen Fahrradschlüssel im

Bus verloren. Als ich es bemerkte, war der Busfahrer mit der Schulklasse bereits abgefahren. So musste ich mein Fahrrad zu einem Schmied ins Dorf tragen, damit er das Schloss aufschneiden konnte. Keiner half mir, keiner sprach mit uns.

Nach unserer Rückkehr in die Schule wurden wir vom Schulleiter verhört, wir konnten ihm glaubhaft machen, dass wir kurz nach dem Schließen des Burgtors angekommen seien, und die Drohung des Schulverweises wurde aufgehoben. Von den Aufregungen in der Jugendherberge wurde nicht mehr gesprochen, unsere Mitschüler hatten sich auch beruhigt. Der Schulalltag hatte uns zurück. Der Rest des Schuljahres war angefüllt mit den Vorbereitungen auf das Abitur und mit lustigen Besuchen in der Schützenheide.

Abschied von der Familie (1953)

Meine Sommerferien waren zu Ende und ich ging wieder zur Schule.

Allerdings hatte sich mein Leben schon seit einiger Zeit von Grund auf geändert. Der Student, den ich im vergangenen Jahr im Labor auf der Kokerei kennen gelernt hatte, war mein Freund geworden. Theo und ich mochten uns sehr.

Wir hatten uns damals beide von unserem auf der Kokerei verdienten Geld Fahrräder gekauft und machten Ausflüge in die Umgebung. Er half mir bei den Hausaufgaben, besonders in Mathe war ich nicht so gut. Das Abitur stand bald an, schließlich hatte er das vor einem Jahr gerade selbst mit guten Noten geschafft. Wir besuchten Eckert, den Kollegen aus dem Labor, und seine junge Frau in Rünthe, die immer reichliches, schmackhaftes Essen bereithielt. Dabei wurde nicht mit Bier gespart und häufig gab es auch einen Schnaps dazu. Sie arbeitete in der Gastwirtschaft ihrer Eltern und holte sich die Getränke direkt von der Theke. Manchmal besuchten wir auch gemeinsam mit Eckert einen Kollegen, den ich im Labor nicht mehr kennen gelernt hatte. Er baute Bühnenbilder zu Opern, in denen er Figuren agieren ließ, während dazu die entsprechende Musik von einer Schallplatte ertönte. Ich fand ihn etwas schrullig.

Nach den Semesterferien war Theo zurück nach Hannover gefahren, wo das Wintersemester begann und damit seine Vorbereitungen auf das Physikum der Tiermedizin. Wir radelten gemeinsam mit unseren neuen Fahrrädern zum Bahnhof nach Hamm, um länger zusammen sein zu können. Beim Abschied gab es Tränen und Treueschwüre und das Versprechen, viele Briefe zu schreiben.

Die Sehnsucht war groß, und die Briefe gingen reichlich hin und her. Wir teilten uns unsere Erlebnisse mit, malten uns unsere gemeinsame Zukunft aus, lernten unsere jeweiligen Vergangenheiten kennen, und wenn wir unterschiedlicher Meinung waren, wurde heftig schriftlich diskutiert. Er bereitete sich fleißig auf sein Physikum vor, ich auf das Abitur

Abiturkommission. Vorne von links nach rechts: Direktor
Schwabe, Chef Nathe, Dr. Habeck, Fräulein Ahmer

Die Weihnachtsferien begannen. Seine Großmutter, Oma Fischer, bei der er früher in den Ferien immer gewohnt und die ihn unterstützt hatte, merkte, dass unsere Verbindung ernst geworden war. „Was hat das Mädchen denn an den Füßen? Nichts! Du solltest eine reiche Bauerntochter aus dem Münsterland heiraten, die dir eine Tierarztpraxis einrichten kann. Oder die Apothekertochter von der Apotheke gegenüber, aber doch nicht so ein armes Ding, das kein Erbe zu erwarten hat." Als alles Reden nichts half, setzte sie ihren Enkelsohn kurzerhand vor die Tür. Wenn Theo auf der Kokerei arbeitete, um das Geld für sein Studium zu verdienen, wohnte er nun im „Ledigenheim", einer Unterkunft für angeworbene familien- und wohnungslose Zechenarbeiter. Er arbeitete an den Koksöfen, im Labor oder auf dem Platz als Hilfsarbeiter. Besonders in den Weihnachtstagen gab es Doppelschichten und dazu doppelten Lohn. Er brauchte das Geld. Unterstützung für Studenten gab es nicht. Meine Eltern ließen es zu, dass er mich besuchte.

Im Frühjahr legten meine Mitschüler und ich die sogenannte Reifeprüfung ab, ein Begriff, den wir nicht ernst nehmen konnten: „Herzlichen Glückwunsch zur plötzlich erlangten Reife", ulkten wir in der Schützenheide. Während meiner mündlichen Prüfung umkreiste Theo, der gerade ein Praktikum beim örtlichen Tierarzt absolvierte, bekleidet mit einer Stiefelhose, die in schmutzigen Stiefeln steckte, aufgeregt das Schulgebäude. Mitschüler beobachteten ihn aus dem Fenster und machten sich über seine Aufregung lustig.

Nach dem Abitur besorgte mein Vater mir eine Lehrstelle bei Schering, der chemischen Fabrik, die eng mit der Kokerei zusammen arbeitete und die ich schon von meiner Ferienarbeit kannte. „Ein Studium kommt für dich ja nicht in Frage, denn du heiratest ja doch, sobald dein Theo mit dem Studium fertig ist." Ich war traurig, ich hätte gerne irgendetwas mit Sprachen gelernt, und überhaupt, ich wollte noch so viel Neues wissen. Ich machte einen Lehrvertrag mit dreimonatiger Probezeit.

Eigentlich gefiel mir die Lehre gut. Sie war ganz anders als die bei der Baustoffgroßhandlung in Oberhausen. Da es in dem Betrieb offensichtlich niemanden gab, der die englische Sprache beherrschte, wurde ich hauptsächlich als Übersetzerin des Firmenbriefwechsels mit dem Ausland eingesetzt. Ich musste mir mit meinem Schulenglisch große

Mühe geben, und wahrscheinlich enthielt danach so mancher Brief erstaunliche Mitteilungen.

Aber dann kam doch alles ganz anders. Im Juni merkte ich, dass ich schwanger war. Der Frauenarzt machte den sogenannten Froschtest. Der Frosch saß tatsächlich in einem Einmachglas auf der Fensterbank der Praxis. Dieser Test war negativ. Das hieß, wir konnten die Unannehmlichkeiten, die eine uneheliche Schwangerschaft zu jener Zeit mit sich gebracht hätte, vermeiden. Leichtsinnig gab Theo sein letztes gespartes Geld für eine dunkelrote saffianlederne Brieftasche aus, nicht ahnend, dass zwei Wochen später der Frauenarzt seine Diagnose in „positiv" ändern musste. Der Frosch hatte offensichtlich nicht so korrekt gearbeitet, wie man es von einem guten Laborfrosch hätte erwarten können.

Mutter war die erste, der ich die Botschaft der Schwangerschaft verkündete. Große Aufregung. Mein Vater reagierte zunächst stumm, dann mit eisiger Kälte, dann mit Ablehnung und Nichtachtung. Das Klima in der Familie war ratlos bei meinen Schwestern, verzweifelt bei meinen Eltern. Bei Schering kündigte ich meine Lehre, glücklicherweise noch in der Probezeit. Der Personalchef war überrascht. „Sagen sie mir den Grund der Kündigung?" fragte er. Bei der Antwort konnte ich ein glückliches Lächeln nicht zurückhalten. „Ich hoffe, sie tun das Richtige!" sagte er nur noch, und dann war meine Lehre beendet.

Ein uneheliches Kind war damals ein Makel, ein sozialer Abstieg, ein Anlass für Freunde und Bekannte, sich das Maul über meinen Lebenswandel zu zerreißen, es erzeugte ein heuchlerisches Selbstwertgefühl für jene, denen so etwas nicht passiert war. Meine Mutter steckte mir verstohlen die Adresse einer Frau zu, bei der „alles wieder in Ordnung gebracht" werden würde. Das Verhalten meines

Vaters war weiterhin eisig, er war enttäuscht und fühlte sich gedemütigt. Ich war die Erste in seiner Familie, die mit ihrem Abitur einen neuen, höheren Bildungsgrad und damit einen sozialen Aufstieg hätte schaffen können. Er wagte kaum noch zum Kegeln zu gehen. Die spitzen Bemerkungen seiner Kollegen waren kaum zu überhören.

Dann machte er mir den Vorschlag, ich solle so lange im Mansardenzimmer unseres Hauses leben, bis das Kind geboren sei. Keiner sollte es merken! Natürlich kam das alles nicht für mich in Frage. „Wenn du das nicht willst, kannst du in unserer Familie nicht mehr bleiben."

„Wir schaffen das schon", hatte Theo mich oft getröstet, wenn es in der Familie mal wieder großen Streit gegeben hatte. Ich ging heimlich zum städtischen Standesamt und wollte das sogenannte „Aufgebot" bestellen, dem dann nach drei Wochen die Heirat folgen konnte, wenn niemand etwas gegen diese Eheschließung einzuwenden hatte. „Ohne ihren zukünftigen Ehemann geht das gar nicht!", meinte der Standesbeamte, „da könnte ja jede Frau kommen. Den Mann müssen sie schon mitbringen!" Der Mann kam dann von Hannover, und alles konnte vorschriftsmäßig seinen Gang gehen.

Bevor ich die Familie verlassen musste, wollte ich mich von Oma Ida verabschieden. Wir fuhren mit Rädern nach Essen. Oma war auf meiner Seite, und ich konnte mich bei ihr über den Verlust meiner Familie ausweinen. Sie hatte uns einen Karton gepackt, der wahrscheinlich auch ein Signal für meinen Vater sein sollte. „Ihr braucht zwei Tassen, zwei Teller, Besteck für zwei, einen kleinen Topf und ein Küchenmesser mit Schleifstein", meinte sie.

Mutter war eingeweiht, sie hatte sich für mich und gegen meinen Vater entschieden. Sie konnte Vater überreden, wenigstens als Trauzeuge kurz im Rathaus zu erscheinen.

Bei der Trauung sagte er kein Wort und verabschiedete sich danach sofort. Mutter hatte einen Kuchen gebacken, um den Tag doch etwas hervorzuheben. Meine kleine Schwester fragte; „Warum gibt es denn in der Woche Kuchen?"

Am ersten Tag unserer Ehe, ich hatte bei meinen Schwestern im Zimmer geschlafen, gingen wir als Ehepaar zur nahen Autobahn, fanden auf dem nächsten Parkplatz einen Borgward-Fahrer, der uns mit nach Hannover nahm und bezogen dort Theos Studentenbude. Theo setzte sein Studium fort. Wir lebten von Liebe, Nachhilfestunden, Arbeit im Gleisbau und gelegentlichem Babysitten.

Ein glücklicher Ausgang, wie wir fanden.

Das Kind, es war ein Junge, wurde in einer winzigen Jagdhütte in der Eilenriede geboren. Sein erstes Badewasser war aufgetauter und erwärmter Schnee. Er war etwas zu früh gekommen, weil ich zu lange auf dem Fahrrad zu meinen Nachhilfeschülern gefahren war. Es ging ihm anfangs nicht so gut.

Mein Vater hatte nachgegeben. Vielleicht weil meine Mutter ihm entsprechend zugesetzt hatte, vielleicht auch, weil er erfuhr, dass Theo sein Studium fortsetzte, oder vielleicht hatte ihm unsere Entschlossenheit imponiert, vor allem aber, weil sein Enkelkind ein Junge war, den er sich in seiner Ehe so lange gewünscht hatte. Er brachte uns in einem Lastwagen Kohlen für unseren Kanonenofen in der Hütte. Oma Fischer schrieb zunächst eine Karte. Ein Prediger hatte angeblich zur Menschenliebe aufgefordert. Sie besuchte uns noch im gleichen Jahr und zahlte während ihres Aufenthaltes die Kosten für den Haushalt, so dass wir in diesen Tagen üppig leben konnten.

Theo arbeitete neben seinem Studium auf dem Schlachthof und brachte gelegentlich Fleisch mit, das regulär nicht verkauft werden konnte. Einige Monate später fanden wir durch das Wohnungsamt eine Wohnung in der Stadt. Ich gab weiterhin Nachhilfestunden, Theo fand neben seinen Vorbereitungen auf sein Examen Möglichkeiten, Geld zu verdienen, sodass wir unser Auskommen hatten.

Ein glücklicher Ausgang, wie wir fanden!

Breits erschienen:
Margrid Hruška
So war meine Welt
Ich kannte keine andere
Ein Kind erlebt die Zeit des
Nationalsozialismus
2. Auflage, Norderstedt 2009, 315 S.
ISBN 978-3-8391-2455-0

Rezensionen

Arno Klönne †
Professor für Soziologie und Politik
„So war meine Welt" - Ein Mädchen vom Jahrgang 1932 erzählt von den Kindheitsjahren in der Hitler- und Kriegszeit, von Familie, Schule, Kirche und „Jungmädeln" im BDM, von der Heimat im Ruhrgebiet. Kinderlandverschickung und Evakuierung. Eine Alltagsgeschichte, durchwirkt von der „großen" katastrophalen Politik, aber darin nicht aufgehend, im Detail wird kindliche Lebenswelt jener Jahre in Erinnerung gebracht. Ich habe Margrid Hruškas Bericht erst nach der letzten Seite wieder aus der Hand gelegt.

Martin Schloemann
Professor für Theologie
Das war eine besondere Lektüre, die mich gleich sehr berührte, mehr als vieles sonst in der letzten Zeit. Nicht nur des Inhaltes wegen, auch der gekonnten Schreibart , ja der schriftstellerischen Qualität wegen. Man möchte wünschen, dass man noch mehr zu lesen bekommen hätte. ... Man muss die Gestaltungskraft wie den Stil bewundern.

Charlotte Quest, (23 J.)
Enkelkind der Autorin

Ich habe dein Buch gestern Abend ausgelesen. Gerade für mich, die ich ja in der Zeit noch nicht gelebt, aber schon viel darüber gelesen habe, war es sehr interessant. Oft habe ich mich schon gefragt, wie denn meine Großeltern die Zeit des Nationalsozialismus erlebt haben. Viel hattest du uns ja auch im Laufe der Kindheit erzählt, aber das ist inzwischen recht lange her und dementsprechend in meiner Erinnerung zwar vorhanden, aber relativ blass. So konnte ich jetzt alles zu einem Ganzen zusammenfügen und es mir dabei auch noch richtig gut vorstellen. Die Beschreibungen sind ja so, dass man sich richtig gut ein Bild machen kann, welches man dann noch chronologisch einordnen kann. Wie unglücklich du teilweise warst und wie viel Heimweh du eigentlich hattest; wurde mir erst bewusst, als ich die entsprechenden Kapitel gelesen habe. Es war so traurig, dass es mich zu Tränen gerührt hat, weil man sich das heute gar nicht vorstellen kann, die Kinder wollen ja nicht einmal drei Tage auf Klassenfahrt fahren, weil sie Heimweh bekommen.